FRIEDA RUNGE

VEIT UND ROSEMARIE

FRIEDA RUNGE

Veit und Rosemarie

Roman

TITANIA-VERLAG STUTTGART

Umschlag-Foto: Bildagentur Huber/R. Schmid
Druck und Einband:
Ueberreuter - Korneuburg/Austria
Verlags-Nr. 9467
ISBN 3 7996 9467 6
Set: ISBN 3 7996 9468 4

Rosemarie legte den nackten, gebräunten Arm um den altersgrauen Holzpfeiler, der den schmalen Balkon mit dem niedrigen Dach verband. So unbeschreiblich schön war diese Mondnacht, so weich die linden Lüfte, die vom Fluß heraufkamen, so berauschend verströmten die Kelche von Goldlack und Josephslilien ihren Duft, daß sie weinen könnte. Die Blumendüfte, die aus dem kleinen Hausgärtlein zu ihr emporstiegen, waren stärker als der eigenmächtige Geruch des Wiesenlandes, das ihre Heimstatt umgab: das alte, kleine Zunderersachl. Als ob ein Stück Gottesland, vom magischen Licht des Mondes und der Sterne überflutet, vor ihr läge.

Im Süden stießen die Giganten der Drei- und Viertausender in die dunkle Bläue des Sternenhimmels, und die kleineren Heimatberge lagen so nah, so scharf umrissen, als ob man sie hätte greifen können.

Das Flußtal öffnete sich weit, und wenn nicht die vielhundertjährigen Eschen und Linden, Buchen und Ulmen am Absturz zum Fluß die Sicht versperren würden, so sähe man es liegen: das verborgene, wie aus einer anderen Zeit gerettete Bergdorf Wackersberg, ein Dornröschendorf, das schönste weit und breit.

Rosemarie mußte auf einmal daran denken, daß der Veit, der Enkel und Erbe des reichen Trollerbauern, sie so seltsam angeschaut hatte, als sie ihm im Garten des Neuwirts, wo sie manchmal aushalf, eine frische Maß auf den Musikertisch stellte. Seine Klarinette juchzte darauf los, daß es ihr ganz sonderbar wurde ums Herzel.

Wo Musik gemacht wurde, war der Veit dabei. Er spielte alles: Zither, Geige, Gitarre, Akkordeon, ja, der Gaißacher Organist behauptete, man könne ihn auch an die Orgel lassen. Und wenn man Gaißachs Bürgermeister, einen geborenen Musiker und Dirigenten, fragte, was denn der Veit nicht könne, dann lachte er und sagte: ‚Das muß ich erst rauskriegen!' Trompeten kann er auch. Und nicht einmal schlecht.

Es war kein Wunder, daß ihm die Weibsleut nachliefen ohne Scham. Wenn man ihn so sitzen sah mit seinen mächtigen blitzblauen Augen unterm goldblonden Schneckelhaar, so voller Lebenslust, als ob es nichts anderes gäbe auf der Welt als Freude und Lustbarkeit, so konnte man nicht gegen ihn sein.

Und wenn die Frauen aus den Städten ihn spielen und singen hörten, die braungebrannten, sehnigen Schenkel und Knie sahen, so vergaßen sie alles. Es trug kein Gaißacher Bursch eine kürzere und reichbesticktere Lederne als der Veit Troller.

Rosemarie seufzte ganz tief von innen heraus und wußte nicht warum. Etwas wie ein Schauer war durch sie hindurchgegangen, als seine Augen wie zwei Sonnen auf ihr ruhten. Nie vorher hatte einer sie so angesehen.

Jeder im Dorf wußte, daß es keine Lustbarkeit mit Bierzeltrummel gab, wo der Veit fehlte. Er wußte bei den Musikern der weiten Umgebung jede Lücke zu füllen und schoß überall, wo er aufkreuzte, den Vogel ab. Er war der sieghafte Troller Veit von Gaißach, und wer es nicht besser wußte, hielt ihn für den Sohn des prachtvollen Hofes. Veit war aber der Enkel.

Der Hoferbe, der stille und etwas versonnene Eberhard, war in den ersten Tagen des Rußlandfeldzugs gefallen. Sein jüngerer Bruder Benjamin, der einen herrlichen Tenor hatte, war bei den Fliegern gewesen und blieb vermißt. Der jüngste und letzte Trollersohn, der Ferdl, den die Trollerbäuerin Kathrin noch mit fast 40 Jahren geboren hatte, starb nach seinem Heimkommen im Lazarett in Murnau.

Der dreifache Schlag des Schicksals hatte den Rücken der Trollermutter mehr gekrümmt als das Übermaß an täglicher Arbeit. Wer ihr aber gegenübertrat und ihr ins Gesicht sah, wurde seltsam angerührt. Ein tiefer und wohltuender Friede lag darin, ja eine gewisse rührende Heiterkeit, über die man nachdenken mußte.

Vielleicht war es nicht allein der felsenfeste Glaube an einen Gott, vielleicht war es mehr noch das Gefühl, das Bewußtsein, daß sie recht getan hatte. In jener einen Stunde, da sie allein entscheiden mußte über das Schicksal des Hofes.

Der Bauer, der Bastian, lag mit schwerem Hexenschuß seit drei Tagen im Bett, so mußte sie allein ins Murnauer Lazarett fahren, als der Anruf kam.

Der Ferdl hatte blutleer und von Schmerzen gezeichnet in den weißen Kissen gelegen, und nur seine Augen trugen noch einen kleinen Abglanz seiner einstigen Lebensfreude.

Mühsam langte er nach der Hand der Mutter, die er mehr geliebt hatte als Vater und Brüder.

Immer, wenn die Trollermutter sich eine kleine Zeit der Rast leisten konnte, dachte sie an diese Stunde, die schwerste ihres Lebens.

Sie hatte sich nah zu seinem Gesicht beugen müssen, daß sie seine geflüsterten Worte verstehen konnte. Und heute noch war ihr, als hörte sie ihn.

‚Mutter – bleib da bei mir – hab dir was Wichtiges zu sagen. Hast dir doch allweil Zeit genommen, wenn dein Jüngster mit was Besonderem zu dir kommen ist. Und jetzt – jetzt, Mutter – sollst nicht weinen – es tut mir weh.

Hab noch nie ein Mädel im Arm gehabt, als ich in den Krieg hab müssen.‘

Der Ferdl mußte wieder Kraft sammeln, bis er weitersprechen konnte. Seine Stimme war bereits angerührt vom Tod.

‚Da – da ist eine Oberschwester, sie heißt Eva – Mutter, die kriegt ein Kindl von mir. Heut hat sie es mir gesagt. Hab nicht gewußt, daß man einen Menschen so lieben kann wie ich sie. Ich will – ich muß sie heiraten, damit das Kindl daheim ist auf dem Trollerhof. Jetzt Mutter! Gleich! Glaub mir, es ist keine Zeit mehr. Ich spür's. Der Pfarrer muß schon im Haus sein, heut hat er den Besuchstag. Die beiden jungen Doktoren werden Zeugen sein, wenn du sie darum bittest. Und der Eva mußt du es auch sagen.

Mutter! Es eilt! Ich spür's, wie der Tod immer näher zum Herzen kommt.'

,Aber – aber Bub, wir haben doch keine Eheringe, wir haben nichts.'

,Gib mir deinen, Mutter – den steck ich der Eva an den Finger. Und meinen Sportlerring leg ich ihr in die Hand, den soll sie mir anstecken. Ist gleich, ob aus Silber oder Gold. Der Herrgott fragt nicht danach.'

Die Mutter sah, wie das junge Gesicht ihres Heimgekehrten immer mehr verfiel. Nur seine Augen brannten fiebrig, ein unbeschreibliches Flehen stand darin, unmöglich für eine Mutter, ihm zu widerstehen.

Die Trollerbäuerin rannte den endlos langen Gang entlang, um Schwester Eva, zwei Zeugen und den Geistlichen zu suchen.

Der Beamte für gesetzliche Eheschließungen mußte vom Rathaus herbeigeholt werden, die Papiere zur Unterzeichnung sollten bereitliegen.

Es war, als ob ein Stärkerer die Hand im Spiel hatte, eine Hand, die alles vereinfachte, alles glättete und ermöglichte.

Die Mitschwestern legten ihrer Oberschwester einen wundervollen Strauß roter Duftrosen in den Arm, bevor sie das Krankenzimmer betrat, um den Wunsch eines Sterbenden zu erfüllen.

Keiner von allen, die daran teilnahmen, würde diese Stunde je vergessen. Hochzeit – ‚Hoch-zeit' des Lebens sollte es sein. Aber es stand der Tod schweigend und majestätisch am Bett des Hochzeiters, der außer einer schönen Kindheit auf dem väterlichen Hof nichts von seiner Jugend gehabt hatte. Ein Wahnsinnskrieg von irrenden Menschen hatte ihn hinausgestoßen in die Grausamkeit des Menschenschlachtens, und als Schwerverwundeter war er heimgekehrt.

Die Trollermutter war zurückgetreten vom Bett ihres Sohnes, eine andere hatte in dieser Stunde das größere Recht.

Es war die Schwester mit den kohlrabenschwarzen Haaren. Und als er ihr den Ring an den Finger steckte – es war der Ehering seiner Mutter, sie hatte ihn von ihrem Finger gezogen und in seine Hand gelegt –, hörte sie ihn sagen:

‚Eva, sei unserem Kind, dem zukünftigen Trollerbauern, eine gute Mutter. Und hab Dank – Dank für alles.'

Fünf Tage danach wurde der jüngste Trollersohn Ferdl auf dem herrlichen Gaißacher Friedhof zur Ruhe gebettet.

Als wollte sie damit kundtun, daß sie weiterhin Schwester blieb, stand die Frau in ihrer Schwesterntracht am offenen Grab, und es war, als ob sie nicht hierher gehörte.

Der alte Troller war kurz darauf nach Murnau ins Krankenhaus gefahren und hatte vor seiner Schwiegertochter gestanden wie ein Bittsteller. Es war nicht die Art der Trollerbauern, andere um etwas zu bitten. Wenn man Generationen lang nur hatte anschaffen können – früher waren acht Dienstboten auf dem Hof beschäftigt gewesen –, so fiel das Bitten schwer.

Nun aber trieb ihn die Herzensnot soweit, mannhaft in die Augen einer fremden Frau zu schauen, wegen der sein Jüngster vom Knaben zum Mann geworden war und die ein Stück lebendigen Lebens von ihm trug.

Wenn ein Vater alle seine Kinder hatte verlieren müssen, so bekam das Wissen um ein werdendes Leben eine wunderbar befriedigende, tröstende Kraft.

Er hatte versucht, das mit zittrigen Worten der Jungen und Stolzen vor ihm verständlich zu machen, aber es war gewesen, als wenn eine Marmorstatue ihn anhörte.

Sie werde nie auf den Hof kommen, sagte sie. Sie liebe ihren Beruf, und alles, was mit Landwirtschaft zusammenhänge, sei ihr zuwider. Sie habe den fast zehn Jahre jüngeren Ferdl nicht geliebt. Es sei Mitleid gewesen, auch Bewunderung, weil er seine argen Schmerzen so lange tapfer ertragen habe.

Eines nachts habe sie seinen Sehnsuchtsschrei nach dem Schönsten dieses Lebens vernommen. Sie habe gespürt, daß er um seinen frühen Tod wußte und habe seinen letzten Wunsch erfüllt. Sie werde das Kind zur Welt bringen und ihm eine gute Mutter sein. Aber Bäuerin auf dem Trollerhof werden, nein, das könne sie nicht.

Der Trollerbauer war damals heimgekommen wie ein Schwerkranker. Und die Trollermutter war den Hang herunter zum Zunderersachl gekommen und hatte in ihrem Jammer und ihrer Not alles so wahrheitsgetreu und offen erzählt, daß es die Zunderin in ihrem Mitgefühl jahrzehntelang so lebendig in sich bewahrt hatte, als habe sie es selbst erlebt.

Kaum ein Großelternpaar im ganzen Isarwinkel hatte jemals seine Schwiegertochter im Wochenbett so reich beschenkt wie damals die Trollerseheleut. Aber die frisch angetraute Trollerin blieb hart in ihrem Entschluß.

Sie übergab das Kind, einen gesunden Buben, ihrer Mutter und freute sich ihres Lebens. Bei einem Motorradausflug mit einem jungen Arzt verunglückten beide. Der Fahrer hatte Glück, Schwester Eva aber, die junge Trollerin, starb noch im Rettungswagen.

Der kleine Veit Troller war damals sieben Monate alt, wußte also nichts von seiner Mutter. Die Trollerleute erkämpften sich durch das Gericht ihr Enkelkind, brachten es auf ihren Hof als eine lebendige Gabe Gottes, das ihre schwindende Lebens- und Schaffenskraft erstarken ließ.

Das Veitlein, das Sonnenkind, nannte seine Großmutter vom ersten Tag an Maam und seinen Großvater Paa, wie so viele Kinder auf alten Höfen des Isarwinkels.

So wußten nur die Alten, daß der Hoferbe des Trollerhofes eigentlich nicht der Sohn, sondern der Enkel war.

Rosemarie Zunderer aber, die wie verzaubert in diese Mondnacht hinaus träumte, wußte es. Ihre Mutter hatte ihr alles erzählt.

Die Mutter – !

Als ob ein dunkler Schatten über sie gefallen war, verlöschte der strahlende Glanz auf dem jungen Mädchengesicht.

Dieses Gesicht war von seltenem Liebreiz. Nicht ausgesprochen schön, aber geprägt von Unschuld und Unberührtheit.

Für einen Künstler, einen Maler oder Bildhauer, wäre dieses Antlitz das Inbild einer Madonna.

Rosemarie strich ihr blauschwarzes Haar hastig und schuldbewußt aus der Stirn, unter der zwei große, etwas weit auseinanderstehende, vergißmeinnichtblaue Augen leuchteten.

Sie hatte die Mutter vergessen! Die Mutter, die pünktlich ihre Arznei bekommen mußte.

Seit zwei Jahren war sie die Pflegerin ihrer Mutter, die Betreuerin des Stalles, des Blumen- und Gemüsegartens, war stundenweise Aushilfe im Kindersanatorium, und wenn der Vater wieder seine üble Zeit hatte, so stand sie auch allein draußen auf der Heumahd.

Das Zunderersachl war kein großes Haus, aber vier Kammern, eine Stube und die Kuchl mußten auch saubergehalten werden, und die hatten noch die breiten, groben Bodenbretter die hart geschrubbt werden mußten. Zum Träumen war eigentlich gar keine Zeit. Heut aber hatte sie geträumt und war ihren Pflichten untreu geworden.

Mit leisen, aber schnellen Schritten huschte die Rosemarie ins Haus. Als sie die Kammertür öffnete, saß die Mutter schwer atmend in ihrem Bett, und der Schweiß des Leidens rann ihr über das blutleere, abgemagerte Gesicht. Als sie die Rosemarie sah, war es, als ginge eine Erlösung über ihr Gesicht.

„Bin froh, daß du da bist, Dirndl! Kommst sonst immer auf die Minute."

Die Rosemarie hatte schon das Krügel mit dem Frauenmanteltee in der Hand, in das sie immer die Tropfen aus der Apotheke zählte. Sie sagte nichts. Sie meinte, daß die Mutter es nicht verstehen könnte, wenn sie ihr sagen würde, was sie selbst auch nicht verstand, daß sie auf einmal so anders geworden war. Daß sie es selbst nicht begreifen konnte.

Hatte sie jemals vorher zu nachtschlafender Zeit auf dem Balkon gestanden und die Schönheit der Welt rings in sich hineingesogen wie eine Verdurstende? War ihr doch alles vertraut von Kindheit auf.

Sie hatte die Wasser der oberen Isar vorüberströmen sehen zur Zeit der Weidenblüte, hatte erlebt, wie die abertausend Büsche am Ufer ihren Goldstaub hineinschüttelten auf den flüssig gewordenen Smaragd ihrer Wellen. Auch in diesem Jahr sah sie es. War noch nicht lange her. Der Trollerhof besaß eine Wiese von acht Tagwerk direkt am Fluß, und sie hatte geholfen beim Ufersäubern. Die Trollermutter hatte die Magd geschickt, die Steffa aus dem Behindertenheim in München.

Der Veit sei oben auf der Alm, und die Steffa könne man bei der Arbeit nicht allein lassen. Nicht unten am Fluß. Sie solle doch helfen.

Die Stimme der Mutter riß sie aus ihren Gedanken:

„Rosemarie – liegt der Vater in seinem Bett?" Es zitterte die Angst in der Stimme der Mutter, nackte Angst.

Aber Rosemarie war schon bei ihr und wischte ihr die Schweißtropfen von der Stirn. Behutsam tat sie das und sehr liebevoll. Dann drückte sie ihre Wange an die Wange der Mutter und sagte:

„Daß du nur noch da bist! Der Herrgott meint es gut mit mir."

Die Mutter hörte mit feinem Ohr einen neuen Klang aus der Stimme ihres Kindes und bat:

„Rosemarie, mach die Lampe an, sei so gut."

Das Mondlicht reichte nicht aus, daß sie in den Augen der Tochter lesen konnte. Das Zunderersachl hatte noch die kleinen Kreuzfenster, wie sie schon vor zwei Jahrhunderten Brauch gewesen waren. Und die schweren Balken an der niedrigen Decke trugen nichts dazu bei, daß die Schlafkammer heller wurde.

Als das Licht aufflammte, streckte die Zunderin ihren erschreckend mageren Arm nach ihrer Tochter aus und schaute sie lange und eindringlich an. Sie wußte, sie selbst war nichts mehr wert. Seit dem Sturz vom Laabwagen war sie nur noch eine Last.

Aber eines konnte sie noch: ihre Einzige bewachen und behüten. Der Glaube daran war so stark, daß er zum Kraftborn für die Kranke geworden war.

Sie war noch verwurzelt mit ihrer eigenen Kindheit, wo Vater und Mutter als unantastbar galten.

Wo auch der Begriff von der unberührten Braut noch Gültigkeit hatte.

Wer ehrlichen Herzens sein Myrtenkranzerl vor dem Altar trug, für den war die Ehe wirklich ein Sakrament. Das wurzelte viel tiefer noch als das Gebot der Kirche, die vielleicht die innere Kraft einer reinen Braut weise erkannt hatte.

Wenn die Zunderin an ihr Leben zurückdachte, so erkannte sie, sie wäre den Forderungen des Daseins nicht gewachsen gewesen in Stunden größter seelischer Belastung, wäre nicht der Glanz, die heilige Kraft in ihr aufgestanden in der Stunde der Trauung.

Sie empfand es noch nach vierzig Jahren, wie gesegnet sie in jener Stunde gewesen war, wie nahe dem Schöpfer alles Lebendigen. Mit welcher hingebenden Demut sie gebetet hatte:

,Gott, Vater im Himmel. Du weißt, ich hab Dein Gebot gehalten, das Gebot der Reinheit bis zu dieser Stunde. Ich weiß, es wird ein hartes Leben, zu dem ich meinem Angetrauten meine Hand reiche. Wir sind beide arm und fangen an mit Schulden. Nun bitte ich Dich: Tu du das Deine und stehe uns bei.'

„Mutter – warum schaust du mich heut so an, so, als suchtest du etwas!"

„Rosemarie, o Kind! Es ist ein neuer Schimmer, nein, ein Leuchten in deinem Blick, den ich erst kenne, seit du – seit du immer öfter zum Trollerhof hinaufschaust."

Rosemaries Gesicht war wie in Blut getaucht. Sie ertrug den Blick der Mutter nicht, sie schlug die Augen nieder.

Der Mutter Arm hatte plötzlich Kraft bekommen. Sie drückte ihre Tochter auf den Hocker, der neben der Bettstatt stand und sagte eindringlich und flehend:

„Dirndl, Rosemarie, du weißt, du bist alles, was mir der Herrgott an Glück gelassen hat. Hör mich an: Schlag dir den Troller Veit aus dem Kopf. Wenn seine Großeltern sterben, ist er der alleinige Besitzer von einem der schönsten Höfe im Isarwinkel, zweihundert Tagwerk Alm, fast dreihundert Wald, dazu hundertzwanzig Tagwerk Wiesmahd und Ötz. Glaubst du, daß der eine arme Sachldirn auf seinen Besitz holt? Anlachen tut er dich, wie er alle anlacht, an sich reißt und wieder fallen läßt wie ein gebrauchtes Handtuch.

Dabei ist der Veit kein schlechtes Mannsbild. Wer so musiziert wie der, wer so am Frauentag sein Ave Maria als Solist ins Kirchenschiff schickt, der kann kein schlechter Mensch sein.

Aber er ist lebgierig und ein Mannsbild unserer heutigen Zeit. Ich geb zu: Das Weibsvolk macht's ihm leicht. Nicht nur die, die aus den Städten zu uns kommen, auch die Einheimischen selber. Ist auch ein Mannsbild, wie man selten eines sieht, so sauber."

Die Zunderermutter schwieg. So eine lange Rede forderte ihre ganze Kraft.

Der Traum, der in Rosemarie aufgeblüht war wie ein Rosenstrauch an sonniger Waldecke, verdunkelte sich.

Sie wollte etwas sagen, aber ihre vollen, schön geschwungenen Lippen zitterten nur, als ob sie gleich weinen müßte.

Die Mutter sah es, und ein Erbarmen mit dem Dirndl überkam sie, daß es sie schmerzte. Wie hart es doch war, einem Kind wie der Rosemarie einen Traum zu zerstören.

„Versprich mir, Dirndl – versprich es mir in meine Hand, daß du ihm nicht nachgibst, wenn er dich an sich ziehen will. Ihm bist du nicht mehr als ein Schluck Wasser, weil ihn grad dürstet. Morgen schon trinkt er an einem anderen Brünnl.

Du aber läßt womöglich das Beste bei ihm zurück, was dir gehört, deine Jungfrauschaft. Es ist eine geheime Kraft in ihr – das war Jahrtausende so. Fast ist es, als ob die neue Zeit alles über Bord gespült hat, was den Menschen viele Generationen durch wertvoll war und ein Brunnen der Kraft.

Aber es gibt auch heute noch Männer – und es sind jene, die den Faden zum Ursprung noch besitzen –, denen eine unberührte Braut mehr bedeutet als der prunkvollste Brautwagen, der reichste Hof.

Dein Vater ist Anlernarbeiter beim Moralt gewesen. Das jüngste von zehn Kindern. Er hat nichts mitbekommen von daheim. Sein Brotgeber aber hat ein Herz gehabt. Er hat ihm einen Jahreslohn vorgestreckt, der Mark für Mark einbehalten wurde. Es war noch der Vater des jetzigen. Er ruhe in Frieden.

Ich bin Magd und Sennin gewesen beim Hintergraber. Dreizehn Jahr lang. Hab jeden Pfennig Lohn aufs Sparbüchl eingezahlt bei der Sparkasse."

Wieder schwieg die Mutter, wieder mußte sie erst Kraft sammeln. Rosemarie wartete. Durchs offene kleine Kammerfenster hörte man ein Käuzchen schreien. Und oberhalb, auf dem Trollerhof, fiel eine Tür ins Schloß. Das würde der Veit sein.

Sie hatte ihn, als sie die Milchkannen aufs Tropfbrett stellte, vorbeigehen sehen. Sie hatten heut Probe gehabt im hinteren Jägerwirtsaal.

Nun dirigierte Gaißachs Bürgermeister seine Musiker auch im Lenggrieser Kurpark. Und das wollte was heißen.

Die Zunderermutter holte mühsam und gequält neuen Atem.

„Rosemarie, so haben der Vater und ich fünftausend Mark zusammengebracht. Damit haben wir das baufällige Sachl gekauft. Viertausend Mark Schulden sind darauf gelegen. Eine trockene Kuh ist noch im Stall gestanden, sonst nichts mehr.

Von daheim hat außer dem Segen der Eltern keiner von uns was mitgekriegt. Aber dieser Segen hat mehr bewirkt als ein reicher Kuchlwagen und eine Brautkuh. Es ist aufwärts gegangen, wir haben pünktlich unsere Schulden zurückbezahlt, und das Glück im Stall, den sechs Tagwerk Grund, die zum Sachl gehören, und dem schmalen Streifen Wald dazu, ist greifbar gewesen.

Unser schmaler Waldstreifen zwischen dem Gergenwald und dem vom Moar ist stehengeblieben, als der Wirbelsturm weitum alles niedergerissen hat."

Wieder mußte die Kranke schweigen. Ihre Augen, voller Güte und Verstehen, füllten sich langsam mit Tränen. Dann begann sie aufs Neue:

„Heutzutag bitten die Kinder nicht mehr um den Segen von Vater und Mutter. Sie haben keine Verbindung mehr mit dem, was von Gott kommt. Die Welt ist arm geworden an dem, was einen Menschen ausfüllt und zufrieden macht.

Dein Vater und ich, Rosemarie, sind zufrieden gewesen. Bis zum Tag, wo sie deinen um siebzehn Jahr älteren Bruder heimgebracht haben mit zerschmettertem Kopf.

Du kannst es nicht mehr wissen, bist erst zwei Jahre alt gewesen. Unser Eberhard hat eine Freud gehabt, als du auf die Welt gekommen bist, als wärst du sein eigenes Kind. Von seinen paar Mark Lehrlingslohn hat er mir den besten Blutwein gekauft in Tölz, und beim Hökhen hat er mir eine Torte backen lassen, so nobel, daß ich mich kaum getraut habe, sie anzuschneiden."

An das kleine Kammerfenster prallte eine Fledermaus. Augenblicke danach strichen die breiten Schwingen einer Waldeule am Fenster vorüber. Die Rosemarie schrak hoch, ging rasch zum Fenster und beugte sich hinaus. Aber sie sah nichts von den beiden. Nur der unsagbar süße Duft von Blüten und Gräsern strömte herein und machte das Herz so seltsam schwer und voll Sehnen.

Die Zunderermutter hatte sich ermattet zurückgelegt, sie war totenblaß. Rosemarie lockerte das Kissen und strich ihrer Mutter über das dünne, grau gewordene Haar.

„Mußt nicht so viel reden, Mutter. Es strengt dich an", sagte sie, und ihre Stimme war getragen von Liebe und Fürsorge.

Im Antlitz der Kranken stand ein schwaches, armseliges Lächeln auf.

„Bist ein gutes Kind – wär schön, ich könnt noch ein Weilchen bei dir bleiben. Aber es ist heut der dritte Tag, daß der Eberhard an meinem Bett gestanden ist, in einem wundersam überirdischen Licht, und gesagt hat: ‚Mutter, bald hast du ausgelitten. Dann komm ich und geleite dich hinüber. Hab keine Angst. Da, wo ich bin, ist unendlicher Friede.‘

Darum muß ich heut noch alles sagen, was gesagt sein muß. Das Wichtigste steht noch aus.

Am Hochzeitsabend – wir haben nur eine ganz kleine Hochzeit gehabt – sind wir Hand in Hand heimgegangen zu unserem Häusl.

Bevor wir durch unsere Haustür gegangen sind – der Vater hat sich immer bücken müssen –, hat er meinen Schritt angehalten, hat mich voller Inbrunst angeschaut und gesagt:

‚Veronika, spürst du, wie narrisch ich mich freu auf unsere Hochzeitsnacht? Hat sich wohl noch nie einer so gefreut auf der Welt.

Und weißt, was das Schönste – das Allerschönste daran ist? Daß du noch so bist, wie Gott dich geschaffen hat. Daß keiner seine Hand an dir gehabt hat, dir keiner genommen hat, was allein mir gehört, dem Vater deiner Kinder, die Gott uns geben wird.‘

Siehst du, Rosemarie, so hat er gesagt. Und dann noch:

‚Veronika, wenn du mir in die Ehe einen Brautwagen gebracht hättest im Wert eines Großbauernhofes und hättest deine Unberührtheit nicht mehr – er wär mir nicht wert, was dir verloren gegangen wär.‘

Und darum noch einmal, Kind! Bewahr dich bis zur Hochzeitsnacht. Es liegt ein Segen darauf. Und bedenk: Du hast es mir versprochen.“

Rosemarie nickte, und ihre Augen füllten sich mit Tränen. Sie wußte, sie würde und muß dieses Versprechen halten.

Es gab keine liebevollere, gütigere, verstehendere Mutter. Nie hatte eine Frau einem Mann, den die Härte des Schicksals zum Trinker machte, mehr Geduld entgegengebracht als ihre Mutter.

Was war er für ein herrlicher Vater gewesen, bevor das Unglück zuschlug!

Oft schon hatte die Mutter erzählt, daß Eberhard, der Bruder, lieber mit dem Vater eine Bergtour gemacht habe als mit gleichaltrigen Kameraden zusammen zu sein.

Aber nicht nur die Seinen konnten Eberhard nie vergessen – ganz Gaißach hatte um ihn geweint. Und an seinem Todestag war sein Grab immer zugedeckt von Blumen.

Einmal habe im Moraltwerk eine teure, neue Maschine gestreikt, der Chef habe den Fachmann bis aus Duisburg kommen lassen. Da habe der Eberhard den Chef gebeten, daß er mit dabei sein dürfe, wenn die Maschine zerlegt wird. Dem war es recht.

Der Chef des Moraltwerkes hatte ein Gespür für seine Begabung.

Von da an holte der altgewordene Maschinenmeister den Zunderer Eberhard, wenn eine der komplizierten neuen Maschinen streikte.

Aber nicht nur im Werk, wo er als Lehrling angefangen, wußte jeder, was der Eberhard wert war.

Weitum, bis nach Lenggries und Jachenau, bettelten die Bauern um sein Kommen, wenn ein Selbstauflader nicht mehr wollte oder der neue Wagen, eben aus der Werkstatt gekommen, Mucken hatte.

Fast jede Näherin im Isarwinkel, die mit der allerneuesten Errungenschaft nicht zurechtkam, schickte ihren Boten ins Zunderersachl um den Eberhard. Er konnte jede Schreibmaschine in Ordnung bringen und jede komplizierte Rechenmaschine. Und kurz vor seinem Tod hatte er sich angemeldet – mit Einwilligung des Chefs – in einem elektronischen Betrieb in Essen.

Trotz seiner Vielseitigkeit war der Eberhard kein Angeber. Zu jedem und jeder war er freundlich und hilfsbereit, und wenn einer bitten mußte, weil er an viele Stellen gerufen wurde, so war ihm das zuwider. Er war und blieb der fröhliche, freundliche, immer zum Helfen bereite Zunderer Eberhard aus Gaißach.

Rosemarie saß neben dem Bett der Mutter, und ihr Herz lag wie ein Stein in der Brust. Sie fühlte, sie spürte: Das, was die Mutter vom Bruder gesagt hatte, war Wahrheit. Und wenn alle Gehirne der Welt dagegen stünden, es würde eintreffen. Der Bruder hatte sich angesagt.

Wer konnte schon die Geheimnisse des Ewigen ergründen? Wer verstehen, daß die Liebe und Sehnsucht einer Mutter eiserne Gesetze verrückt und eines Herzschlags Länge ein Tor aufstößt in eine andere Welt?

Die Mutter würde sterben, bald, und ihr Sohn Eberhard würde ans Sterbebett kommen, ohne daß ein anderer ihn sah, und seine geliebte Mutter hinübergeleiten. Und sie selbst würde allein sein mit dem Vater, der zeitweise war, als sei er ein ganz anderer, fremder Mensch, und die Sehnsucht nach etwas Unaussprechbarem, Wunderschönen würde sie wieder überfallen wie vorhin auf dem Balkon, und keine Mutter würde mehr sein, die es spürte, die es ihr ansah.

Wie ein Sturzbach rannen die Tränen über Rosemaries Jungmädchengesicht. Aber sie schluchzte nicht. Die Mutter schlief endlich und durfte es nicht wissen, daß ihre Rosemarie ein schweres Herz hatte.

Leise stand sie vom Stuhl auf, löschte die Lampe und verließ die Kammer. Als sie die Stiege hinunterging, stützte sie sich schwer auf das Geländer, damit die abgenützten, schmalen Bretter nicht knarrten. Der Vater, der bis zur Krankheit der Mutter in der Ehkammer geschlafen hatte, könnte sie hören. Es gab Tage und Nächte, wo sie den Vater fürchtete, wo er sie anstierte wie ein Fremder, ein Feind!

Heut war er wieder beim Mühlenwirt gewesen. Als sie mit dem Rad zum Kindersanatorium gefahren war, hatte sie ihn gröhlen hören.

Es war jedesmal wie ein Stich ins Herz.

Noch schmerzlicher aber war, wenn die Dorfkinder auf ihn warteten, ihm im Chor nachschrien und ihn verspotteten. Sie hatte schon mit deren Eltern geredet, sie möchten das ihren Kindern verbieten, aber die sagten ganz offen: ,Wenn's der Lehrer nicht kann – von uns lassen sie sich nichts sagen. Wär besser, er könnt woanders sein. So ein Säufer ist kein Staat für die Gemeinde.'

Der Bürgermeister hatte ihr noch das meiste Verständnis entgegengebracht. Er hatte mit dem sparsamen, immer nüchternen Moraltschen Vorarbeiter Geige und Cello gespielt, hatte oft mit ihm über die veränderte Welt geredet und sich gewundert, welch tiefdurchdachte, kerngesunde Gedankengänge der Franz Zunderer doch hatte. Seiner Unnachgiebigkeit war es zu verdanken, daß der Alkoholkranke sechs Monate in eine Entwöhnungsanstalt gekommen war und geheilt entlassen werden konnte.

Ein Jahr hatte das alte, stille Glück, seine wunschlose Zufriedenheit im Zunderersachl nochmal Heimstatt genommen.

Dann war das Unglück durch die Tür gekommen und hatte erneut zugeschlagen. Die Frau, seine Veronika, war eines morgens vom Laabwagen gestürzt und liegengeblieben wie eine lebendige Tote.

Der Zunderer Franz hatte sie zu den besten Ärzten gebracht, aber es konnte keiner helfen. Da übermannte ihn wieder das alte Elend, und er hatte wieder zur Flasche gegriffen.

Die Menschen im Dorf hatten es fast ohne Ausnahme mitgetragen. Sie wußten um das unverdiente Schicksal im Zunderersachl, und manche Bäuerin ging mit dem Tragkorb hinauf.

Wenn sie den Wiesenweg herunterkamen, war der Korb leichter. Es gab einen großen Zusammenhalt in diesem Bergdorf, das abgeschnitten war von den großen Straßen.

Nicht eine aber, die beim Heimgang vom Krankenbesuch nicht mit Bewunderung und Staunen an die vierzehnjährige Rosemarie gedacht hätte. Blitzsauber die Kammer der Mutter, blitzsauber die große Stube mit dem breiten Kachelofen, einladend heimelig die Kuchl mit blauweiß karierten Vorhängen und altem, blankgeputzten Kupfergeschirr an der Wand.

Im kleinen Stall, wo die Rosemarie den Besuchern das Kälbchen, das sie mit hatte zur Welt bringen helfen, mit strahlenden Augen zeigte, war es nicht anders.

Manch eine Gaißacher Bäuerin und Mutter stellte Vergleiche mit ihren eigenen Kindern an und nahm sich vor, in Zukunft eine andere Erziehungsmethode zu versuchen.

Rosemarie verharrte am Fuß der Stiege und lauschte. In der Kammer der Mutter war es ganz still. Wie wohl es tat, die Mutter schlafend und ohne Schmerzen zu wissen. Ein feines Freuen huschte über ihr Gesicht, ein armes Glück.

Den Vater, der neben der Kuchl in der Stallkammer sein Bett hatte, hörte sie schnarchen und mit sich selbst reden.

Durchs Fensterglas der Haustür und durchs Gangfenster fiel das Mondlicht, als wäre es noch stärker geworden. Als habe es geheime Kräfte, zwang es die Rosemarie, die Haustür zu öffnen und hinauszutreten in die Wunder der Nacht. Schwer stieg der Ruch des blühenden Wieslandes auf, die weißen und rosa Wildrosenbüsche in der Hecke verströmten in diesen Nachtstunden ihren Honigduft.

Groß und unendlich fern flimmerten die Sterne am Himmel, und Rosemaries Hände falteten sich, ohne daß sie es wußte.

Ihr Herz war fromm und gläubig von der Mutter her. Sie hat noch keine unrechte Tat oder ein unrechtes Wort erlebt von dieser Mutter, sie war ihr Vorbild gewesen jeden Tag und jede Stunde.

Es war, als zöge sie einer gegen den Bergbuckel hin, auf dem der Trollerhof thronte wie ein Königssitz. Auf den Trollerhofwiesen wuchs noch die wilde Orchidee in Weiß und Dunkellila. Ihr Duft war unbeschreiblich und verwirrend. Ob sie der Mutter nicht zwei bis drei Blüten aufs Nachtkasterl stellte?

Sie brauchte nur dem Duft nachzugehen, dem allesbeherrschenden, überirdischen Duft, hangwärts, wo der Lattenzaun um die Heimweide lief.

Da hatte sie noch jedes Jahr Orchideen blühen sehen.

Einen Augenblick verschnaufte sie und spürte, daß sie rechtschaffen müde war. Eben schlug es vom

Kirchturm die elfte Stunde. Um fünf Uhr hatte sie im Stall angefangen. Mit dem Melken und Misten war sie bald fertig. Aber die Ev, das Kälbchen, hatte beim Tränken Zicken gemacht. Und das Anstellsäule, das gescheite Trudele, fing nur an zu fressen, wenn sie ihren Finger ins warme Trankl steckte. Das kostete Zeit. Gleich nachdem die Mutter gewaschen und gekämmt war und gegessen hatte, richtete sie den Kalkeimer zum Stallausweißen.

Leise hatte sie gehofft, daß der Vater es übernähme, der aber war schon tagelang nicht ansprechbar. Sprach sie ihn an, und war es noch so gut gemeint, so kam er in Wut, und zweimal schon hatte sie vor ihm flüchten müssen.

Mit dem Stallweißen und Barrenputzen war sie bis Mittag fertig. Gekocht war schnell. Aber dann mußte sie warten, bis die Mutter sie rufen würde.

Um zwei Uhr nachmittags wurde Rosemarie im Kindersanatorium erwartet. Bis fünf Uhr tat sie dort Dienst. Aus dem Unterdorf kam in der Zeit die halbblinde Mahrenlies und setzte sich auf die Hausbank oder in die Kuchl. Sie wartete, bis die Kuhglocke in der Krankenstube der Mutter schepperte.

Nach dem Heimkommen sprang die Rosemarie gehetzt die Stiege hinauf und schaute, wie es der Mutter ging. Oft brachte sie ihr eine Frucht oder etwas Süßes mit, das ihr die Kinder vom Sanatorium aufgedrängt hatten. Sie hingen an ihr, als wäre sie ihre Mutter.

Gleich darauf trieb sie die alte Minka und ihre Tochter Stasi vom Auslauf in den Stall, um sie zu melken.

Wieder schrie laut und weinerlich in die Gedanken der Rosemarie das Käuzchen. Es mußte ganz nahe sein. Vielleicht hatte es in einer der uralten Linden an der Ausfahrt sein Nest.

Rosemaries Blick glitt den breiten Westbalkon des Trollerhofes entlang, an dem in vielen Farben, festlich anzuschauen, die Sommerblüher niederhingen. Wohl keine Bäuerin im Isarwinkel hatte eine ähnliche Pracht.

Die Mutter des Trollerhofes hatte weder Kraft noch Zeit, die Blumenpflege zu übernehmen. Ihre Glieder waren in dreiundfünfzig Jahren Bäuerinnendaseins gebeugt, verkrampft und kraftlos geworden.

Aber der Veit hatte ihre Liebe zu den Blumen geerbt und noch nie vergessen, daß er täglich eine Stunde dafür opfern mußte. Begießen, düngen, auflockern und reinigen hatte er freiwillig übernommen, und das mit wahrer Inbrunst.

Mußte er einmal länger als einen Tag auf der Alm nachsehen, währenddes die Magd Steffa diese Pflicht übernahm, so trauerten die tausend Blumenkinder und ließen die Köpfchen hängen.

Die hünenhafte Steffa hatte keine Blumenhände. Sie versorgte zuverlässig Stall, Wiesmahd und Bergwald, mehr durfte man von ihr aber nicht verlangen.

Rosemarie hatte zwei weiße Orchideen abgebrochen, sie vors Gesicht gehalten und sich verzaubern lassen.

Sie stand immer noch in der Flut magischen Lichts und war den Kräften, die sie um ihren inneren Frieden brachten, wehrlos ausgeliefert.

So war es seit dem Abend, da sie dem Veit eine frische Maß auf den Musikertisch gestellt hatte.

Sein Blick war wie ein Brand in sie gefallen. Wie etwas – etwas – nein, sie konnte es nicht erklären. Es hatte sich in diesem Augenblick die Welt verändert, der Himmel aufgetan, der Schöpfer selber hatte sie angerührt.

So mußte die ewige Seligkeit sein, das immer währende Frohlocken. Und doch war es zugleich geheime Qual, Angst, der Veit könne sie zu etwas zwingen, das nicht sein durfte.

Sogar die jüngsten Schwesternschülerinnen und die junge Ärztin erzählten sich, dem jungen Trollerbauern könne man nicht feind sein.

Nicht allein seine überschäumende Lebenslust war es, sein urgewaltiges Sichfreuen an allem, was da lebte, sein herrlicher Bariton und seine Gabe, fast jedes Instrument zu beherrschen. Es war ganz einfach seine Erscheinung, seine lichte, hochgereckte, kraftsprühende Gestalt, an die man denken mußte, ob man wollte oder nicht.

An ihn zu denken war wie ein Lichtquell, eine Oase in der Wüste ihrer Kümmernisse: die kranke Mutter mit ihren Schmerzen und ihrer Hilflosigkeit, der Vater, der sich immer aufs Neue betrank und ein völlig Fremder für sie wurde, die Geldsorgen, die durch Vaters Verdienstlosigkeit immer drückender geworden waren.

Sie selbst verdiente im Sanatorium nicht schlecht. Aber ein ganzer Wochenverdienst wanderte regelmäßig in die Apotheke für Medikamente für die Mutter. Ohne diese konnte sie ihre Schmerzen nicht ertragen. Der Vater wollte nichts davon hören.

Er hatte, seit er vom Moralt entlassen worden war, keine Beiträge mehr bezahlt. Als die letzte Krankenhausrechnung gekommen war, mußte Gamshackl, die beste Milchkuh, verkauft werden, um den Krankenhausaufenthalt zu bezahlen. So bitterlich wie damals hatte sie lange nicht geweint. Die bildschöne Kalbin Enzian hatte der Vater vom Viehhändler hinausführen lassen und das Geld gleich kassiert für seinen Schnaps. Seine Hände hatten dabei gezittert, und sein Blick war ihr ausgewichen. Als sie bitten wollte um einen Schein für die fälligen Steuern, hatte er sie angebrüllt und war mit geballter Faust auf sie losgegangen. Und doch war sie all die Jahre, da es noch Glück und Friede im Zundererhäusl gab, sein Rosele gewesen: sein Dirnei, sein Liabei.

Die Erinnerung warf sich auf die einsam Sinnende wie eine Sturzflut. Vom Kirchturm schlug es die zwölfte Stunde.

Erschrocken tat Rosemarie den ersten Schritt hangabwärts, da hörte sie, wie oben am Balkon des

Trollerhofes die Balkontür geöffnet wurde. Es war Veit, der herauskam, und sein Schneckelhaar leuchtete in der Dunkelheit.

In den Händen hielt er ein Gewehr, das er vors Auge hob, um lange hindurchzusehen. Der Gewehrlauf stand in Richtung der Wackersberger Flur und blinkte dunkelmetallen.

Rosemarie fühlte ihr Herz klopfen wie wild. Die Gerüchte, die umgingen im Dorf, kamen ihr in den Sinn. Warum tat der Veit so heimlich, jetzt, mitten in der Nacht?

Sollte doch etwas Wahres daran sein, was man so munkelte? Daß er schon zweimal mit dem Lumpenstrumpf erkannt worden war in den Faller Bergen?

Daß sein Wachler, um den ihn jeder Gaißacher Bursch beneidete, zwischen Ludererwand, Kotzen und Dürnberg überm Sylvensteinsee gewachsen war?

Als ob ihr einer die Brust zuschnürte, war ihr zumute.

Wie oft hatte man schon gehört im Isarwinkel, besonders in früheren Jahren, daß eines Tages ein Jäger oder Förster und dann wieder ein junger, jagdnarrischer Bauer oder Knecht nicht mehr heimgekommen waren? Einfach verschwunden von dieser Welt?

Daß die Almleut auch nichts gesehen hatten, nur Schüsse gehört und dann nichts mehr? O auch die Kinder hörten zu wie die Luchse, wenn die Großen sich derlei zuflüsterten!

Wenn nun der Veit auch nicht wiederkäme . . .?

Wenn sie ihn nie mehr sehen könnte, sein Lachen nie mehr hören, das die Macht besaß, alles Dunkle und Quälende der Stunde auszulöschen?

Wenn seine Augen sie nie mehr so ansehen könnten wie damals beim Neuwirt in Wackersberg?

Das wäre der Tod für sie. Sie wußte es. Sie wußte es so sicher, wie die Sterne über ihr am Himmel leuchteten und der Mond seine Bahn zog.

Leise und unhörbar, wie er gekommen, verließ Veit den Balkon. Nach einer Weile hörte die Rosemarie, wie der Veit sein Motorrad aus dem Maschinenschuppen schob, die Kehre hinunter zur Straße. Ungefähr beim Mühlenwirt sprang er auf, und nun erst wurde es laut.

Die Rosemarie ging das Hangwegerl hinunter zum Zunderersachl, und ihr Herz war schwer wie Blei.

Der Veit flog auf seinem Motorrad wie ein Strich durch Lenggries und wollte vor Hochgefühl in die Nacht hinaus juchzen.

Er wußte einen Bock, hatte ihn schon zweimal beobachtet, wie noch keiner ein Krückl geliefert hatte für die Trophäenwand in der Stube des Trollerhofes.

Seit er die Rosemarie entdeckt hatte als zukünftige Trollerhofbäuerin, wollte er die Welt aus den Angeln heben.

Aber so, wie sie war, würde sie es nicht für gut finden, wenn er lumpen ging.

In Gott's Namen: Dann sollte das heut sein letzter Bock sein, sein letztes Wildbret auf fremder Flur. Die Rosemarie, das Dirnei, war es wert, daß man sich Zügel anlegte, auch wenn es schwer fiel.

Der Veit hatte nichts oder wenig von den Trollern. Nichts von seinem Vater, der draußen im Feld seinen Mann gestellt hatte, im privaten Leben aber immer ein stiller, bedächtiger, besonnener Mensch gewesen war. Veits Draufgängertum, das Spielen mit der Gefahr, war ihm schon als Halbwüchsiger das Salz des Lebens gewesen.

Durch Zufall hörte er einmal eine bildsaubere junge Arztwitwe sagen: ‚Er ist wie ein junger Gott, dieser Troller Veit!' Sechzehn war er damals und sie sechsundzwanzig.

Heute wußte der Veit Troller, daß es zweierlei Liebe gab. Eine, die nur das Blut aussendet und eine, vor der man ganz klein und demütig wird. Um die man alles wagen würde: Hab und Gut, die Achtung seiner Freunde, die Verbundenheit mit Vater und Mutter, alles! Eine Liebe, für die man sein Leben hingeben würde.

Diese Liebe kam aus Bereichen, die man nur sehnend in begnadeten Stunden erahnt. Sie war wie ein Klang aus dem Überirdischen, dem Paradiesischen. Es gab keine Worte dafür.

Nur das Herz wurde auf einmal weit und groß für alles, was gut und schön war auf dieser Erde.

Diese Liebe war wie ein lebendiger Keim in sein Herz gefallen, als er die jäh errötende Rosemarie vor sich hatte stehen sehen. Ihre großen, kindlich unschuldigen Augen hatten ihn angestrahlt wie zwei Sonnen.

Es war nichts darin vom Verlangen, von Gier, die er von anderen kannte. Es war ganz einfach das hingegebene, unschuldige Strahlen.

Und es hatte ihn bestrickt in einer unsagbar beglückenden Weise.

Jetzt eben, in dieser Stunde, verspürte das der Veit Troller nicht. Jetzt war er nur Jäger mit jeder Faser seines Leibes, hatte nur Auge und Ohr für den Bergbock, der da kommen mußte.

Getarnt von wildem Holunder saß der Veit und starrte auf die Waldwiese. Hin und wieder hob er sein Gewehr. Das neuerworbene Nachtglas war großartig. Jedes Zweiglein, jede Heckenrose, vom Mondlicht übergossen, hob sich scharf umrissen vom tannwalddunklen Hintergrund ab.

Es war fast unmöglich, den Bock zu verfehlen.

Wenn er den Kopf etwas wendete, so sah er am großen Rank die Isar aufblitzen und den Rauchenberg dahinter liegen.

Vom Rauchenberg hat er einmal – es war vor zwei Jahren – ohne Nachtglas einen zurückgesetzten Achtender heimgebracht. Grandl hatte der wie gemalt. Die würden für die zukünftige Trollerbäuerin einmal, in weiß- und rotgoldene Eichenlaubblätter gefaßt, das Brautgeschenk abgeben.

Die Bäuerinnen des Isarwinkels legten Wert auf Schmuck, der ihrer kostbaren Tracht würdig war.

Von oben – Richtung Roß- und Buchstein – hörte man einen Fuchs keckern. Es klang aufgeregt, erbost und mit Angst gepaart.

Vielleicht trieb sich da oben ein Grüner rum, ein Jager, der's auch auf den Bock abgesehen hatte. Dann würde er sich im Bogen zu seinem Motorrad verdrücken. Aber noch konnte er warten. Wenn der Jager dem Bock zulieb draußen war, mußte er lautlos und vorsichtig pirschen. So ein alter Bergbock kannte die Schlichen und Heimtücken der Menschen.

Der Wald ringsum war feierlich still, und der volle Mond hatte sein Licht noch nie reicher verschwendet als in dieser Stunde, so daß dem Veit seltsam andächtig zumute wurde. Ähnlich wurde ihm nur, wenn er am Frauentag sein Ave Maria in das Kirchenschiff schickte. In diesen Minuten war er wahrhaft fromm und gläubig, Anbeter der reinen Jungfrau, von der alle Güte ausgeht, alle rettende Fürbitte, alle verzeihende Kraft. Und er stand auf der Empore als demütig Bittender, ein sich als Sünder fühlender, als sehnender Mann, dem noch nie eine Maria begegnet war. Seit ihn aber die Rosemarie so angesehen hatte mit ihren strahlenden Kinderaugen, war diese Sehnsucht erfüllt worden.

Nun wußte er: Es gab das Ave Maria in Fleisch und Blut, hier auf dieser Welt, ganz nah vom Trollerhof, kaum einen Steinwurf von ihm entfernt.

Da war er wie ein bremsiger Hummler von einer zur anderen getaumelt, aber im hintersten Herzenswinkel hatte er die unbewußte Sehnsucht nach einer Maria. Das Blut war zu seinem Recht gekommen, nicht aber das, was einen Menschen gut werden läßt und bewußt zu Gottes Kind.

Der Jäger Veit wurde von einem Herzschlag zum andern zur strenggespannten Saite. Jede Fiber, jeder Nerv, Aug und Ohr in zerreißender Höchstleistung. Langsam, damit kein sich bewegender Schatten entstand, hob er das Gewehr.

Der Bock trat aus dem Wald, ohne daß Veit, gedankenversponnen, es gewahrt hatte. Er stand im flutenden Licht, reglos wie eine Statue, seine großen Augen leuchteten wie Edelsteine.

Der Mann im Holunderschatten, mit der Mordwaffe in den Händen, verspürte etwas wie Erbarmen. Aber der kalte Verstand schüttelte es ab.

‚Du Narr! Sieh seinen grauen Kopf. Er hat lang genug gelebt.' Hatte der Eicherer nicht erzählt, daß er jeden Jungen forkelt, der sich zeigte im Revier? Daß er sie manchmal schon hatte schreien hören, die Jungen?

Nun neigte der Bock den Hals, das schwere, perlschwarze Gewichtl stand groß und prahlend im Mondschein.

Kimme und Korn standen haarscharf auf dem Herzblatt. Und Veit Troller drückte ab.

Der Hall des Schusses peitschte in die Nacht. Der Wildjäger sah das einsame Tier schwanken, ein paar unsichere Schritte nach dem schützenden Walddunkel tun und dann zusammenbrechen. Etwas wie Triumph überkam ihn, im Hochgefühl seiner sicheren Hand und seines ebenso sicheren Auges.

Herrgott, war's schön, jung zu sein, frei und voll brodelnder Kraft! Am liebsten tät er einen Juchzer hinaufschicken in die Unendlichkeit. Einen Dankjuchzer. Aber eben, als er die freie Blöße übersprang, hörte er das aufgeregte Hecheln eines Hundes.

Also hatte er sich vorhin nicht getäuscht. Der Jager! Der Spürhund! Der Troller Veit nahm sich nicht mehr die Zeit, seine Beute nach waidmännischem Gesetz aufzubrechen.

Noch nie hatte er ein unaufgebrochenes Wild im Rucksack verstaut, heut mußte es sein. Die alte Feindschaft zwischen Jager und Wildschütz bestand immer noch. Und wenn's der von Lenggries-Süd war, das war ein verflucht scharfer! Der war gefürchtet.

Und sein Schweißhund, der dreimal preisgekrönte Deckrüde Donar, hatte schon zweimal einen Lumpen zum Aufgeben gezwungen. Der war noch giftiger als der Herr selber.

Das Hecheln kam näher. Aber es war nicht frei, es war gedrosselt. Der Hund hing noch am Schweißriemen.

Dem Veit war es schleierhaft, warum der Jager seinen Hund nicht abschnallte. Hatte er Angst, daß ihm der Wildschütz eine Kugel entgegenschickte? Es sollte Jager geben, die an ihrem Hund mehr hingen als ein Verliebter an seiner Braut. Das würde der Grund sein.

Mit unglaublich langen Sprüngen hetzte der Veit am Waldrand entlang, wo, versteckt, sein Motorrad wartete.

Gerade als er in seinen Sitz sprang und die Maschine anließ, hörte er das fanatische Geifern des Hundes hinter sich, einen stechenden Schlag an seiner Ferse und den Hall eines Schusses.

*

In der Ehkammer der Trollerleute lagen Bauer und Bäuerin nebeneinander mit offenen Augen. Es war Nacht, Schlafenszeit, aber sie fanden keine Ruh. Die Trollermutter Kathrin hatte, wie so oft, Schmerzen gehabt in der Herzgegend und war lange wach gelegen. Da hatte sie den Veit katzenleise aus seiner Kammer kommen hören, den endlos langen, teppichbelegten Gang entlang, die Balkontür vorsichtig öffnen und nach einer kleinen Weile wieder schließen hören. Dann war er ebenso leise die Stiege hinunter ins untere Haus. Erst hatte sie sich nicht viel dabei gedacht. Der Bub war ein Blumennarr und hatte vielleicht nach dem Wetter Ausschau gehalten, ob kein Sturm entstand und er vielleicht die obere Kastenfront schützen müßte.

Ein ganz feines Lächeln huschte über das blutleere Gesicht der Trollermutter. Blieb ein Weilchen liegen in den immer noch schönen, großen, enzianblauen Augen, die ihre drei Söhne und nun auch der einzige Enkel von ihr geerbt hatten.

Um dieser Augen willen war sie Trollerbäuerin geworden. In einer besonders festlichen, glückverströmenden Stunde hatte es der Bastian, der Bauer, gestanden. Alle in der Gemeind hatten sich gewundert, daß der stolze Troller, der die Mark zehnmal umdrehte, bevor er sie ausgab, seine Bäuerin aus dem ärmlichen Fretterhöfl des Siederer holte.

Er hätte die reichsten und saubersten Bauerntöchter haben können, war ein Mann gewesen, nach dem man sich umschaute.

Die beseligende Rückschau der Trollermutter erlöschte mit einem Schlag. In die Ruhe des Dorfes und die Stille der Nacht lärmte plötzlich ein Mißton, den sie kannte, der ihr vertraut war, seit der Bub zum großen Wagen noch dieses widerwärtige Krachmotorrad hatte.

Nach Jahren hatte es den ersten bösen Streit gegeben zwischen dem Altbauern und ihm.

Kathrin Troller richtete sich lauschend und mühsam auf. Der Herzschmerz hatte wieder eingesetzt. Nun, in der erhöhten Lage, war er verschwunden. Dafür warf sich die Angst über sie wie eine Hagelwolke.

Der Bub, der Veit, hatte ihr doch in die Hand versprochen, nicht mehr zu lumpen. Mit dem zufrieden zu sein, was er als Jagdberechtigter auf der Gemeindejagd erlegte.

Das eben aber war Veits Motorrad gewesen, nicht weiter entfernt, als bis zum Mühlenwirt.

Wozu sonst brauchte der Bub um diese Zeit das Motorrad, und warum tat er so heimlich?

Wenn er zu einer seiner Liebschaften fuhr, schlich er nicht so lautlos durchs Haus.

Wenn sie ihm Vorhalte machte und sagte, daß das heutige Leben der Jungen zu nichts Gutem führen könne, dann warf er den Kopf zurück und lachte, warf ihr eine Kußhand zu und verschwand. Und sie bekam, was das Schlimme daran war, Unruhe und Zweifel in sich, ob nicht sie, die Alten, vieles falsch gemacht hätten.

Es war so schwer, gegen den Buben anzukommen. Er stellte allen noch so berechtigten Einwänden seinen sieghaften Frohsinn, seine Leben sprühende Freude entgegen. Er tat es nicht herausfordernd und feindselig, sondern geradezu liebevoll.

Der Pfarrer der Gemeinde, ein weiser und verehrter Geistlicher, hatte ihr eines Tages gesagt:

„Trollermutter, was die Leut reden, soll dich nicht kümmern. Die reden viel. Der Veit ist kein unrechter Mensch. Man muß nur zuhören, wenn er seiner Klarinette oder seiner Trompete anvertraut, was alles in ihm rumort, oder wenn er seine eigenen Melodien aus der Zither oder Gitarre zupft.

Im Veit ist mehr Gutes als in irgendeinem. Seine Liebschaften? Die hören auf, wenn er die Rechte gefunden hat. Es muß eine sein, zu der er aufschauen kann. Gegen das, was ihn umtreibt, muß sie den

Frieden ihrer inneren Sauberkeit stellen. Dabei muß sie stark sein im Verstehen und Opfern."

Ja, so hatte er gesagt, der geistliche Herr, und legte seine Hand auf ihre Schulter. Und sie war getröstet von ihm weggegangen.

Ein abgrundtiefer Seufzer entrang sich der hageren Brust der Trollermutter.

Die alte, hochgeäderte Schafferhand des Trollers hob sich von der gewürfelten Bettdecke, langte hinüber zum anderen Bett und legte sich auf die seiner Kathrin. Ganz still, ohne ein Wort dazu, nur so. Ein Strom längst versunkenen Glücks durchflutete sie, und ihre Augen fingen an zu brennen.

Nach einer Weile sagte sie: „Kannst auch nicht schlafen, Bastian! Hast das Motorrad auch gehört."

„Ja, Mutter", sagte er. „Hab's gehört."

Dann war wieder Stille um sie. Der breite Silberstreifen des Mondlichts lag auf ihrem gemeinsamen Lager. Der Mann starrte an die Decke, wo handgehauene, schwere Tannenbalken wuchteten, sie waren schwarzbraun vor Alter.

Diese Balken zu Häupten, hatte die Frau ihre drei Söhne geboren, und jeder von ihnen war ein blutwarmes Geschenk aus Gottes Hand gewesen.

Als diese Hand Gottes geduldet hatte, in den Jahren 1943–44 und 1945, daß sie abgemäht wurden, einfach abgemäht wie Berggras in der Blüte, da war es ihm schwer geworden, an eine göttliche Vorsehung zu glauben. Erst als die Kathrin ihm das kleine Veitlein – Kind mit Troller Blut – in die Arme gelegt hatte, war er allmählich wieder der alte geworden. Gab aber auch selten ein Kindl, das so wie das Veitlein ins Leben gelacht hatte. Der Hof konnte keine Sorgen, keine Not mehr bringen, die das Veitlein mit seinem strahlenden Lachen nicht verjagt hätte.

Als er dann heranwuchs, nie krank, nie Kummer machend, wie er alles, was um ihn lebte, an sich drückte und es lieb hatte, jedes Tier, jede Blume, jede Pflanze, da hatte den Trollerbauern das Werken auf seinem Hof wieder gefreut, als sei er neu geboren.

Die Magd Steffa, die man krank aus einem Behindertenheim in München geholt hatte, war gesund geworden am Büblein. Man konnte Tag für Tag deutlicher erkennen, daß sie aus dem Urwald ihrer düsteren Abseitigkeit herausfand ins Licht, in die Helle und Wärme menschlichen Glücks.

Wenn das Veitlein auf ihrem Arm thronte und ihr seine dicken Ärmchen um den Hals legte, wenn es mit seinen Fingerchen in ihrem mausfarbenen Haar wühlte und ihr ins Gesicht lachte, so wurde die Steffa ein ganz anderer Mensch. Ihr Gesicht, das fast immer teilnahmslos, mürrisch und verärgert gewesen war, wandelte sich wie von einem Zauber berührt. Für sie war der kleine Hoferbe ein Schatz. Solange das Veitlein zum Hof gehörte, brauchten die Trollerleut keine Angst zu haben, daß die Steffa kündigte und einen besser bezahlten Platz in einem Gästeheim annahm. Und die Liebe und Treue dieser Magd blieb. Auf dem Trollerhof mußte eine Magd

Riesenkräfte haben. Und die hatte die Steffa. Obwohl der Hoferbe ein Mann über die Mittelmaße war, die Steffa überragte ihn um Haupteslänge.

Mit keinem Holzer ringsum hätte der Veit leichter zu arbeiten vermögen als mit der Magd Steffa. Oben, im schlagbaren Hochwald, konnte sie beweisen, was für Kraft in ihr steckte.

Vor dreißig Jahren war die Steffa ein hochaufgeschossenes, scheues, geistig geknebeltes Kind gewesen. Nun war sie lebensfroh, sang vor sich hin, trotz stolpernder Sprache, und wenn der Veit seine Klarinette holte zum Feierabend, dann konnte es sein, daß die Steffa den Trankeimer aufs Pflaster stellte, den Stallkittel mit einer gewissen Zierlichkeit etwas raffte und nach den Trillern, die der Veit übers Dorf hinweg schickte, zu tanzen begann.

Und weil die Trollermutter mit ihren Gedanken bei der Steffa war, sagte sie voller Hoffnung: „Bastian – vielleicht weiß die Steffa, wo der Veit hin ist, mitten in der Nacht."

Der Mann antwortete nicht. Aber seine Hand, die immer noch ruhig auf der seiner Bäuerin lag, umspannte diese mit warmem Druck.

Die Kathrin Troller schloß die Augen, und wieder stand das Lächeln auf in ihrem Antlitz, das dieses um Jahre jünger machte und schön.

Die Frau mußte nachrechnen, wie lange es her war, daß der Bastian seine Hand auf die ihre gelegt hatte. Es war ein weiter Weg bis dahin. Der Trollerbauer war nie einer von den zärtlichen gewesen. Eher wortkarg, mit wenig Sinn für Humor. Als er den Hof übernahm, mußte er sieben Geschwistern den Erbteil auszahlen. Von den drei Schwestern, die bis dahin auf dem Hof Magddienste geleistet hatten, mußte jede einen Bauplatz bekommen von je einem Tagwerk. Eine Trollertochter konnte schlecht ein Armeleutehäusl bauen.

Im Land der himmlischen Bläue und der weißen Wolken galten noch alte ungeschriebene Gesetze, und wie die Glocke vom Turm noch ein Machtwort sprach, so auch hier.

Die Trollermutter bedachte, welch rechtschaffener, stranggläubiger Mann der Bastian allzeit gewesen war. Einer, der bei Nacht den Grenzstein versetzte, um ein paar Meter Boden mehr zu haben, galt ihm als Lump. Aber er hatte nie einen Pfennig vergeudet, und wenn Veit, der Hoferbe, es lockerer hielt, so war ihm das ein heimlicher Kummer. Kathrin wußte es.

Seit etwa einem Jahr kam eine neue Kümmernis dazu. Der Veit verschwand oft heimlich vom Hof, und wenn er gefragt wurde, so lachte er entwaffnend darüber hinweg und ließ durchblicken, daß er nicht der einzige sei von der Gemeinde, der in der schönen Zeit fensterln ginge.

Wieder umspielte das verjüngende, verschönende Lächeln das Greisinnengesicht der Trollermutter.

Uneingestanden und doch voll heimlicher Kraft erkannte sie, daß etwas wie Freude in ihr aufstand, wenn sie an das Übermaß des zukünftigen Trollerbauern dachte. Wie gut hatte es einmal seine Frau – wie gut! Die brauchte nicht zu warten und sich heimlich zu sehnen, daß er sie in den Arm nahm und liebe Worte sagte – die nicht!

Wie oft wäre sie selbst in den fünfzig Jahren ihrer Ehe – vorigen Martinstag hatten sie, und das ganze Dorf mit ihnen, goldene Hochzeit gefeiert – selig gewesen und glücklich wie eine junge Verliebte, hätte der Bastian mit der Hand herübergelangt und ihr übers Haar gestrichen. Oder hätte er ein paar Worte des Lobes oder der Anerkennung gesagt, wenn der Arbeitstag fünfzehn und sechzehn Stunden gehabt hatte. Daß sie seinen, des Mannes, Einsatz ehrte und anerkannte, war für sie selbstverständlich gewesen. Da verging kein Abend, an dem sie nicht beide gemeinsam die Stiege hochgegangen waren in die Ehkammer, und sie hatte ihm aus dem zinnenen Weihbrunnkessel den Weihbrunn auf die Stirn gespritzt und dazu gesagt:

‚Gott's Dank. Ist wieder ein schwerer Tag für dich vorbei, Bastian.'

Er, der Mann, hatte nichts dergleichen gesagt. Und doch hätte es ihr so wohl getan.

In das Sinnen der Trollermutter fiel ein Laut. Sie richtete sich auf, und der Mann neben ihr sah, wie hager sie geworden war und wie tief die Altersfurchen an ihrem Hals entlang.

Das magische, wundersame Mondlicht fiel nicht mehr durch die Fenster. Das, was jetzt die Gegenstände sichtbar werden ließ, war die Morgendämmerung. Und nun hörte auch der alte Troller das, was seine Kathrin aus ihrem Sinnen gerissen hatte.

Es war, als ob Draht an Draht sich riebe. Das war die Laufkette des Wachhundes Tell, der so die Außenseite des Hofes bewachte bis an seine Friedung. Und man hörte sein jubelndes Aufweinen der Freude, das er nur für einen einzigen bereit hielt, für den Hoferben.

Der Brust der beiden Alten entrang sich ein abgrundtiefer Seufzer. Und der alte Troller löste seine Hand von der Hand der Kathrin, machte Anstalten aufzustehen und sagte eisern entschlossen: „Jetzt sag ich's ihm einmal: Bei der Nacht umeinandergamsen und bei Tag schuften für zwei, das geht nicht auf die Dauer."

Der Veit hatte sein Motorrad genauso leise in den Schuppen geschoben, wie er es vor Stunden fortgenommen hatte. Er konnte gerade noch rechtzeitig die Jubelschluchzer des Tell beruhigen, bevor das ganze Dorf hörte, daß am Trollerhof einer heimgekommen war.

Als er den Hund an sich drückte und zärtelte, krähte Cäsar, der Hahn. Gleich würde Steffa die Heimkuh in den Auslauf treiben, damit sie satt würde, bis die Bremsen kamen. Die andern fünfundvierzig Stück Großvieh waren seit acht Tagen auf der Alm.

Der alte Troller tappte die Stiege hinunter, nahm seinen schafwollenen Janker von der Truhe und wartete. Aber der Veit kam nicht. Der hatte am Brunnen einen Eimer Wasser geholt und wusch sich das Blut aus dem Schuh, wo ihn der Streifschuß vom Jager an der Ferse erwischt hatte.

Er hockte auf dem niederen Hackstock und biß mannhaft die Zähne zusammen. Sein Abnehmer für den Bock in Tölz hatte ihm Jod darauf gestrichen, aber weh tat's trotzdem.

Der Veit war sich sicher, daß die Schramme in wenigen Tagen verheilt sein würde. Trotzdem blieb ein ungutes Gefühl in ihm zurück, daß dieser Streifschuß eine Warnung war, eine Mahnung aus einem Bezirk des Unbegreiflichen.

Und er nahm sich vor, sich in nächster Zeit mit dem zu begnügen, was ihm innerhalb der Gemeindejagd an Abschuß zustand.

Als er leise durch die hintere Tür ins Haus ging und die Kammertür öffnete, stand da der Großvater und wartete auf ihn.

Größer als er selbst und auffallend hager stand er im Frühlicht, und sein Blick verhieß nichts Gutes.

Als ob er jetzt schon müde sei, setzte er sich auf den schweren eichenen Stuhl, der am Fenster stand. Der Wall der Blumenpracht davor wartete auf den ersten Sonnenstrahl.

Der Veit stand ihm gegenüber und erkannte in dieser Stunde zum erstenmal, daß der Großvater erschreckend gealtert war. Die Schultern hingen vor, und der Kopf saß nicht mehr aufrecht auf dem Nacken. Die braunen Hände waren von auffallend dicken blauen Adern überzogen, und wenn man sie genau betrachtete, zitterten sie.

Eine große Innigkeit, ja Inbrunst überkam den Enkel, mit dem Mann, den er immer nur als Vater gekannt hatte. Er machte ein paar Schritte auf ihn zu, als ob er ihn umarmen wollte.

Da aber traf ihn dessen Stimme wie ein Hammerschlag:

„Veit, jetzt sagst du, wo du herkommst!"

Durchs Fenster hörte man, wie die Steffa den Melkeimer von der Tropfleiter nahm und den Tell liebkoste. Bereits jetzt, am frühen Morgen schon, lachte sie ihr mißtöniges, aber Lebensfreude beweisendes Lachen, das Menschen, die um das schwere Schicksal dieser Benachteiligten wissen, wohl tat. Ein Abglanz dieses Wohltuns lag auf dem Gesicht des Veit, und der Alte dachte widerwillig: ‚Das sauberste Mannsbild weitum ist er schon!'

Dabei wartete er unnachgiebig auf Antwort.

Der Befragte sagte ruhig, ohne versteckte Aufsässigkeit: „Vater, ich denk, daß, wenn ich meine Arbeit tu, mir die Nachtstunden gehören, ohne daß ich Rechenschaft ablegen muß."

Eine Weile war nur Stille im Raum. Die Sonne war lautlos über die östlichen Berge heraufgekommen, und die jenseitigen Bergwälder ertranken im Licht. Über dem Fluß leuchteten golden die Kreuze der Jochspitzen.

Der Alte sah es, aber es berührte ihn heute nicht. Die Antwort des Enkels wühlte vieles in ihm auf.

All die Nächte, da der Veit den Hof lautlos verlassen hatte, die Stunden, da er und die Kathrin keinen Schlaf hatten finden können, seinetwegen. Das Gemunkel im Dorf, daß die Grünen den frechen Lumpen, der den Faller Bezirk in Aufruhr bringe, in Gaißbach suchten und daß man den Troller Veit schon des öfteren um nachtschlafende Zeit habe vorbeiflitzen sehen.

All das stand Spalier und wurde zum Ankläger.

„Das ist keine Antwort", sagte der alte Troller hart. Und noch einmal: „Das ist keine Antwort. Wo bist du gewesen!"

Der Veit mochte nicht lügen. So blieb er die Antwort schuldig. Als die Wartezeit unerträglich wurde, hörte der Junge den Alten sagen:

„Als dein Vater, als unser Letzter, hat sterben müssen, ist mir und der Bäuerin g'wesen, als sei nun auch der Trollerhof mit ihm gestorben. Da haben wir dich im Steckkissen geholt, und zwei dankbarere Menschen wegen eines Kindls hat unser Herrgott wohl nie gesehen.

Aber in letzter Zeit machst du mir und der Mutter Sorgen. Es ist nicht allein, daß du von Weibsbild zu Weibsbild trudelst und bei keiner bleibst, obwohl eine junge Bäuerin not tät – es ist das andere. Als ich das Gamskrückl hab hängen sehen in deiner Kammer und den Gamsbart auf deinem Hut – es ist der gewaltigste Wachler im ganzen Isarwinkel –, da hast du erzählt, ein Freund aus der Landwirtschaftswinterschule habe ihn dir getauscht gegen einen halben

Zentner Schafwolle. Es wär schön, wenn ich's glauben könnt, Veit.

Unterm Kruzifix im Herrgottswinkel hat der erste Troller das Einschreibebuch hingestellt. Mit dem handgeschriebenen Schwur vor Gott, die Wahrheit und nichts als die Wahrheit zu sagen. Fast dreihundert Jahr sind es her. Hab's oft in meinen Händen gehalten und gesehen, daß Gottes Segen auf dem Trollerhof gelegen ist. Kriege und Seuchen, Pest und Brandschatzung haben den Hof nicht auszulöschen vermocht. So stark ist Gottes Hand auf ihm gelegen.

Bis – bis zum Tag, wo der letzte der drei Trollersöhne, dein Vater, hat sterben müssen. Aber bei allen, wie sie verzeichnet sind mit eigener Handschrift, ist keiner gewesen, der mit dem Lumpenstrumpf in fremden Revieren gewildert hat. Sie alle, ohne Ausnahme, haben am Weidwerk gehangen, sobald es gesetzlich erlaubt war. Und sie haben sich begnügt mit dem, was vom eigenen Gemeindejagdrevier hat zugeteilt werden können. Du hast einmal gesagt, das Wildern könne man nicht zum gemeinen Diebstahl rechnen. Keiner kann die Gesetze der Ordnung willkürlich verschieben. Veit, es nimmt ein böses Ende mit dem Trollerhof, wenn du nicht zur Einsicht kommst."

Da sagt der Veit, und seine Stimme war nicht so sieghaft wie sonst:

„Mach dir keine Sorg, Vater, ich versprech es dir. Es ist kein Grund dazu."

Die Rosemarie war heimgegangen mit den zwei Orchideen in der Hand, und ihr Herz war schwer wie ein Stein, als sie die Stiege zu Mutters Kammer hochhetzte.

Die Kranke ruhte noch in derselben Lage, wie sie sie verlassen hatte. Ein geradezu glückliches Lächeln, wie schon lange nicht mehr, lag um ihren Mund, der nur noch ein Strich war, ein armer, blutleerer schmaler Strich. Und doch wußte die Rosemarie noch von der Zeit, als die Mutter den Schalk angelegt hatte, den Damastrock bis zum Boden und ihren echten Schmuck, von ihrer Mutter ererbt. Da war sie die schönste Isarwinklerin gewesen.

Ihr herrliches blauschwarzes Haar war kaum unterzubringen unter den goldenen Quasten des Trachtenhutes. Acht handgeschmiedete Silberfiligrannadeln umgrenzten dann die schwere Nestpracht, und einmal, als die Mutter mit dem Vater zu einer Hochzeit mußte, steckte ihr der Vater selber Maiglöckerl und Rosmarin, Goldlack und lila Primeln zwischen Mieder und Fransentuch.

Die Mutter stand mit ihrem kostbaren breiten Seidenschurz da wie eine Königin.

Als ob das in einem anderen, längst versunkenen Leben gewesen sei, rührte es die Rosemarie jetzt an. Als ob damals nur Freude und Glück das Haus gefüllt hätten, so war ihr.

Und doch war zu dieser Zeit schon der einzige Sohn des Zunderersachls auf dem Friedhof oben gelegen. Aber der Vater hatte noch nicht getrunken, ging noch täglich seiner Arbeit nach. Und die Mutter trug das Leid wie eine Heilige. Nur daß sie öfter noch als früher die Staffeln zur Kirche hochging, um den Leib des Herrn zu empfangen.

Rosemarie empfand von Jahr zu Jahr mehr, daß diese Frau, die ihre Mutter war, aus einer Quelle Kraft schöpfte, die nie versiegte, die unverlierbar war, was auch kommen mochte an Leid und Kummer, Not und Schmerzen.

Wenn der Vater den selben starken Glauben an einen Gott im Himmel hätte haben dürfen, wäre er wohl nie dem Teufel Alkohol verfallen. Er wäre der alte, wunderbare Vater geblieben, der für sein Kind ein Glück gewesen war.

‚Ob er immer noch schlief?' Rosemarie zog die Bettdecke vorsichtig bis an die Kinnspitze der Mutter, dann verließ sie lautlos die Kammer.

Der Vater war nicht in seinem Bett. Er hatte es gar nicht angerührt. Rosemaries Herzschlag blieb stehen wie vereist.

Atemlos stürzte sie die Stiege hinunter zum Schuppen, wohin er sich in seinen wüstesten Stunden oft flüchtete.

Aber auch da war er nicht.

Wo sollte sie ihn nur suchen? Wo sollte sie ihn suchen? Er hatte ihr doch gedroht, sie und die Mutter umzubringen, wenn sie ihm kein Geld gäben. Aber es war kein Geld mehr im Haus. Sie hatte sich ihren letzten Lohn im Kindersanatorium bereits im voraus auszahlen lassen. Der Vater brauchte immer mehr für Schnaps, denn immer öfter leerte er seine Flasche. Und sie hatte doch der Mutter gesagt, daß der Vater ruhiger und vernünftiger geworden sei, daß er weniger trinke.

Oh, wie da die Mutter erlöst die Hände gefaltet hatte und geradezu glücklich zu ihr sagte:

‚Rosemarie – Kind – unser Vater im Himmel verläßt die Seinen nicht. Glaub mir, er wird ihm die Kraft geben, die Sucht zu überwinden.'

Und jetzt sollte sie dieser Mutter sagen, daß sie ihn suchen mußte, wie schon öfter. Daß sie schamrot die Wirtshaustürklinken niederdrückte, ihn einmal gröhlend und streitend vorfand, ein anderes Mal, das Gesicht in den Armen vergrabend, schluchzen hörte wie ein Kind, von allen verlassen.

Erbarmen mit dem Mann, der ihr Vater war, hatte sie damals angesprungen und das Weinen gewürgt.

Bald war Melkzeit. Bis dahin mußte sie wieder daheim sein. Die Mutter würde nicht mit der Glocke scheppern, bevor die Stallzeit vorüber war. Sie wußte, daß dann ihre Rosemarie mit dem Milchsüppchen kam und ihr dies löfferlweise eingab.

Beim Mühlenwirt und Jägerwirt brauchte sie nicht zu suchen. Beide Wirtsleute hatten ihr in die Hand versprochen, daß sie dem Vater nichts mehr gaben. Auch nicht, wenn er Geld vorwies. Sollte er aber irgendwie zu Geld gekommen sein, so konnte er in Tölz in einem Ladengeschäft eine Flasche kaufen, sich auf eine Bank setzen und sein Elend ertränken.

Was für ein Glück, daß sie erst am Nachmittag Dienst hatte!

Als Rosemarie die Haustür aufmachte, blieb sie trotz ihrer Unruhe einen Augenblick stehen wie verzaubert.

Vor ihr lag das Paradies, lebendig und leibhaftig. Auf jedem Blatt, auf jedem Grashalm die Leuchtkraft der Morgensonne, die Duftwogen aus den Gärten und von den blühenden Wiesen, tief unten der Fluß mit seinem grünsilbernen Schimmer. Und so weit das Auge blickte: Berge, Berge, Berge!

Nein, man durfte nicht kleinmütig werden, wenn man in einer solchen Welt leben durfte wie sie.

Eben wollte sie den ersten Schritt tun zum Radlschuppen, da spürte sie, wie sie von etwas Unerklärlichem, Lähmendem eingeschlossen wurde. Es war, als ob ihr Blut langsam zu Eis würde. Sie vermochte keinen Finger zu rühren und kostete es das Leben.

Und trotz der Vereisung des Körpers zog es sie mit unwiderstehlicher Kraft zurück, durch die Haustür, Schritt für Schritt die Stiege hinauf, vor Mutters Kammertür. Diese aber war bereits geöffnet. Und doch konnte sie schwören, daß sie vor Minuten noch die Klinke niedergedrückt und den Schlüssel umgedreht hatte.

Die Mutter saß im Bett, hatte die Arme erhoben und machte mit den hageren, blutleeren Händen streichelnde Bewegungen an einem Unsichtbaren. Ihre Augen leuchteten, und ihre eingesunkenen Wangen waren rosig angehaucht. Und Rosemarie hörte sie mit einer erschütternden Inbrunst sagen:

„Eberhard – mein Bub!“

Wie verzückt schaute sie etwas nach oben und streichelte immer noch.

Rosemarie wollte auf die Mutter zugehen – sie ansprechen –, aber da war etwas, das sie abhielt, das es ihr verwehrte.

Es war dieses Unaussprechliche nicht sichtbar, ein Fluidum aus einer jenseitigen Welt.

Im nächsten Augenblick gab die unsichtbare Umklammerung sie frei, Rosemarie konnte die Hand wieder heben, konnte sich bewegen und die zurücksinkende Mutter in ihren Armen auffangen.

Immer noch lag der verzückte Glanz auf ihrem Leidensgesicht, das überirdische Glück einer Mutter, deren Kind gekommen war, um sie abzuholen auf eine lange Reise.

*

Noch waren die Blumenkränze auf dem Grabhügel nicht verblüht.

Die Veronika Zunderer war nur eine Kleinhäuslerin gewesen, aber ein Mensch, der frauliche Güte verkörperte, der nie ein böses Wort hatte für einen Abwesenden, die verzeihen konnte. Und weil die

Güte auch in der heutigen Zeit den schnellsten und geradesten Weg zu den Herzen der Menschen findet, so gaben der Veronika Zunderer von Gaißach mehr Menschen das letzte Geleit als mancher Großbäuerin.

Der Troller Veit, der Nachbar, war einer der vier Träger gewesen.

Rosemarie hatte vor Tränen die vielen Menschen nicht gesehen. Etwas wie Trost war ihr der Gedanke, daß die Mutter hinübergegangen war im Glauben, daß es dem Vater besser gehe, daß er bereits auf dem Wege der Rettung sei. Es fiel wie Labsal in die Bitterkeit dieser Stunde.

Der Vater konnte nicht zur Beerdigung mitkommen. Er war am Morgen, da die Gefährtin seines Lebens starb, einem Lastwagen zu nahe gekommen und lag im Krankenhaus.

Als Rosemarie noch am offenen Grab stand und schluchzte, da hatte sie plötzlich gespürt, daß ein Arm sie umfaßte und wegzog, behutsam, und eine Stimme, die aus Millionen Stimmen ihr die liebste war, hatte leise gesagt:

„Rosemarie, Dirndl, komm, es muß sein!"

Und der Troller Veit und die Zunderer Rosemarie gingen Hand in Hand als letzte durch die Kirchenpforte.

Drei Tage hatte die Rosemarie von der Kinderheilstätte in Gaißach Urlaub bekommen, um die Mutter zu begraben. Der Chefarzt persönlich hatte sie gebeten, den kleinen Kranken zuliebe so rasch wie möglich wiederzukommen.

Als Putz- und Küchenhilfe war sie verpflichtet worden. Längst aber hatte die Oberschwester erkannt, daß dieses junge Mädchen wie ein lebendiger Segen in den Krankenzimmern zu wirken vermochte, allein durch ihre Anwesenheit.

Tatsache war, daß, wenn einer der vielen Patienten an Heimweh litt oder den anderen Kranken abweisend war, das Essen ablehnte und an Gewicht verlor und in den Nächten weinte, nur Rosemarie helfen konnte. Wenn die Rosemarie kam, sich ohne Worte ans Bett setzte, die kleinen, erst widerspenstigen, bald willigen Hände nahm und leise ein längst vergessenes Liedl summte, wandelte sich das Kind. Die Rosemarie durfte dem Kranken übers Haar streichen, ohne daß dieser abwehrte. Die Rosemarie legte mit wenigen kleinen Fragen die Wundstelle frei, die innerlich da war und den Körper mit einbezog.

Meist, fast immer, hatte absoluter Mangel an Liebe die Wunde verursacht. Manchmal bedurfte es auch des Eingehens auf absonderliche Träume und Sehnsüchte des Kindes. Oft aber war es auch Angst, nackte Angst, aus früheren, längst verdrängten Schocks, die Rosemarie mit unendlicher Zartheit offenzulegen wußte und mit der unbewußten Weisheit ihrer Seele anging.

Die Rosemarie hatte sich auf Bitten der Kinder bereiterklärt, jeden Tag eine halbe Stunde nach getaner Arbeit bei ihnen zu bleiben und ihnen zu erzählen, was sich tat in den Bergen.

Rosemarie aber trug einen Schatz von Märchen und Sagen des Isarwinkels in sich. Da war das Weibl in der Gaißacher Filz, der Tobl am Rauchenberg, die Silbermanndl in den Ludererwänden, die springenden Lichter im Kochler Moor, das verlorene Mädchen am Geyerstein, der seltsame Ruf am Isarfall und das weinende Licht über den Vorderrisser Bergen.

Rosemarie mußte sich nie wiederholen. Unerschöpflich war ihr Sagenschatz; teils von der Mutter an sie weitergegeben, teils aus eigenen Träumen. Und die Kinder warteten mit dem Fieber des Erlebenwollens. Sie wollten das Märchenhafte und Wunderbare, das über dem Alltag stand, mit einer Inbrunst, die ihre Mutlosigkeit, ihre Lethargie heilsam beeinflußte.

Bald war es so weit, daß, wenn die Kinder in der Überzahl streikten und mit den besten Worten nicht zu überzeugen waren, die Schwester nur wie nebenbei zu sagen brauchte: ‚Gut Kinder! Wenn ihr aufsässig seid, dann kann Tante Rosemarie euch heute nichts erzählen!‘

Dann wurden die Kinder brav und willig.

Ein überzartes, etwa fünfjähriges Mädchen aus Duisburg, mit großen dunkelblauen Träumeraugen, war Rosemaries besonderer Liebling geworden. Irgendwie spürte sie, daß von allen Kindern im Sanatorium dieses Kind das innerlich ärmste war.

Klein-Gloria hatte innerhalb eines halben Jahres nur ein einzigesmal Besuch bekommen. Ihr Papa war ein großgewachsener, hagerer Mann mit scharfkantigen Zügen, und er hatte Augen, denen man ansah, daß sie selten lachten. Rosemarie kam gerade dazu, als er sein einziges Kind begrüßte, und sie sah, daß Tränen in diese Augen traten.

Sie wollte den Saal, ihren Kindersaal, er barg die Drei- bis Fünfjährigen, verlassen, da brandete ein einstimmiger Schrei auf:

„Tante Rosemarie, nicht wieder fortgehen, bitte, bitte! Erzählen – erzählen!"

Der Mann, ein bedeutender Stahlfabrikant aus Duisburg, schaute mit großer Verwunderung auf, und es war etwas wie Verärgerung in seinen Zügen über diese Störung. Da sah er das fremde Mädchen an der geöffneten Tür stehen, nicht in der Schwesterntracht, sondern der Kleidung, wie sie hier in den Bergen Sitte war. Und er mußte sich gestehen, daß er schon lange kein solches Engelsbild von Mädchen gesehen hatte.

Als er sein einziges Kind betrachtete, das wie er nach Rosemarie schaute, mit Augen voller Hingabe und Freude, und mit den andern Kindern rief: „Tante Rosemarie, Tante Rosemarie!" fragte er seine kleine Gloria: „Die hast du wohl lieb – nicht wahr?"

„O Papi, o Papi! Die Tante Rosemarie hab ich genauso lieb wie dich. Papi, ich glaub, ich hab sie am liebsten auf der ganzen Welt."

Als ob das Kind das Erschrecken in den Augen des Vaters spontan zu deuten wußte, sagte es gleich darauf fast atemlos:

„Papi, weißt du, du bist mein Papi, und ich hab dich lieb – so lieb! Aber Tante Rosemarie kommt jeden Tag zu mir – zu uns, meine ich, dann darf ich auf ihrem Schoß sitzen und die anderen Kinder um uns herum. Erst haben mich die anderen Kinder bös angeschaut, weil ich auf ihrem Schoß sitzen durfte. Aber dann hat Tante Rosemarie gesagt: ‚Kinderlein! Meine Lieblinge, und das seid ihr doch alle, hört mir zu. Alle, wie ihr da seid, bekommt Besuch, und das öfter. Papi oder Mami oder beides, Oma und Opa, Tante oder Onkel, auch Geschwisterchen. Stimmt das?' Und dann haben alle gerufen: ‚Ja, das stimmt.' Und dann hat Tante Rosemarie gesagt: ‚Hier, das kleine Vögelchen, das auf meinem Schoß sitzen darf, hat ein halbes Jahr keinen Besuch mehr bekommen. Deshalb darf sie auf meinem Schoß sitzen, weil sie so einsam ist. Das versteht ihr doch, nicht wahr?' Und dann haben die anderen Kinder gerufen: ‚Ja, Tante Rosemarie. Sie soll nur sitzen auf deinem Schoß – wir sind nicht mehr böse auf Gloria.'"

Der Fabrikant aus Duisburg schaute sein Kind an wie eine Offenbarung. Dessen Erklärung zeigte ihm, wie arm es war – wie arm es gewesen war, bis dieses Bergmädchen in sein Leben kam.

Er betrachtete seine Einzige und entdeckte mit erlösender Freude, wie durchblutet sein Körperchen war, wie die Bäckchen sich gerundet hatten, daß die früher so todmüden Augen geradezu lebensfreudig leuchteten.

Der Brotgeber für sechshundert Arbeiter erkannte in dieser Stunde, daß Vatersein die Pflichten eines Brotgebers überstieg. Und daß er schuldig geworden war an diesem Kind.

Nach längerer Aussprache mit dem Chef des Sanatoriums verließ der Mann aus Duisburg das Sprechzimmer wie ein Erlöster. Sein Töchterchen war nach zwei Jahren Aufenthalt restlos geheilt und durfte mit heimgenommen werden.

Als der Vater seinem Kind dies sagte, füllten dessen Augen sich langsam mit Tränen, und der Vater hörte es leise und wie geknebelt sagen: „Vati, daß du mich heimholst, ist schön. Aber – aber – dann werde ich nie mehr auf Tante Rosemaries Schoß sitzen können, nie mehr hören, wenn sie mir und den anderen Kindern Geschichten erzählt.“

Und im Fabrikanten aus Duisburg reifte ein Entschluß in eines Herzschlags Schnelle. Er nahm seinen kleinen Liebling in die Arme und versprach, daß Tante Rosemarie mit ihnen beiden nach Duisburg kommen solle und nur für ihr kleines Vögelchen da sein werde.

Noch nie hatte der fünfzigjährige Mann ein solches Glück in einem Kindergesichtchen gesehen.

*

Rosemarie war auf ihrem Fahrrad heimgeflitzt und hatte sich vorgenommen, daß sie ihre Erzählstunde morgen nachholen werde, trotz des Samstags.

Sie bekam nichts bezahlt für diese Zeit, aber es erfüllte ihr Herz mit dem unbezahlbaren Gefühl, etwas Gutes zu tun. Kranke Kinder glücklich zu machen.

Als sie das Rad in den Schuppen schob, machte Trudele, das Anstellsäule, einen Mordskrawall. Es mußte Ohren haben wie ein Luchs. Über Rosemaries madonnenhaft zartes Gesicht huschte ein glückliches Lächeln.

Sie liebte ihre Tiere im Stall. Sie liebte sie so sehr, daß sie oft hungernd auf das eigene Essen wartete, da sie erst ihre Minka und Stasi und Kalbin Ev versorgte.

Das Futter für das Trudele war schon vorgerichtet. Nur den kleinen Trog mußte sie noch mal blitzblank ausputzen, das Trudele fuhr immer mit seinem verschmierten Rüsselchen darin herum. Auch Tiere brauchten Sauberkeit.

Als sie den beiden Kühen und der Kalbin das gemähte Grünfutter in den Barren geben wollte, schlug die Stalltür mit Wucht zurück. Der Vater stand im Türlicht mit gläsernen Augen und stierem Blick.

Rosemarie spürte, wie ihr Herz von einem eisernen Gürtel umspannt wurde, so daß sie kaum zu atmen vermochte.

Sie hatte das Fernsein des Vaters wie eine Erlösung, eine Befreiung empfunden. Nun erschien ihr dies wie eine Schuld.

Sie ging auf ihn zu und legte den Arm um ihn.

„Geht's wieder, Vater?" sagte sie liebevoll.

Da griff er in die Hosentasche und zog das so gefürchtete leere Schnapsflaschl daraus hervor, hielt es ihr vors Gesicht und fing wie ein Kind an zu weinen. „Die Lumpenhund und die Matz'n geben mir keinen Tropfen! Da bin ich ihnen davon."

Der Berg war wieder da – der ungeheure Berg, der sie fast erdrückte. Und der auch die Mutter, die arme kranke Mutter, erdrückt hatte.

„Vater, du weißt, ich kann dir keinen Schnaps mehr kaufen. Muß beim Kramer schon für das Allernötigste anschreiben lassen."

Das verlorene Weinen des Vaters verstummte auf die Sekunde. In seinen Augen mit den breiten hellen Ringen flackerte etwas Böses, Heimtückisches auf. Sein Kopf schnellte vor, und sein Arm streckte sich nach der Dunggabel aus, die unweit von ihm in der Ecke lehnte.

Kalte Angst umkrallte das Herz der Rosemarie. Aber sie konnte keinen Fuß bewegen, sie konnte nicht flüchten. Ihre Glieder waren wie gelähmt. Sie sah, wie der Vater die Gabel in waagerechte Stellung brachte und, mit den vier Spitzen voraus, Schritt für Schritt auf sie zukam. Ihre Füße waren immer noch wie an den Stallboden geschmiedet, kalter Schweiß stand auf ihrer Stirn. Draußen gingen junge Mädchen vorbei und sangen. Der Vater kam ganz nahe. Da schlug sie die Hände vors Gesicht und weinte, wie sie in der gleichen Hoffnungslosigkeit noch nie geweint hatte.

Plötzlich klirrte die Gabel auf den Bodenfliesen mißtönig auf.

Und es war, als ob der Bann, in den Rosemarie verstrickt war, gebrochen sei. Der Vater stand wieder vor ihr wie ein Häufchen Elend, weißer Schaum lief ihm über Lippen und Kinn. Und er sagte mit drohender Entschlossenheit: „Rosemarie, wenn du mir keinen Schnaps gibst und kein Geld, muß ich mich aufhängen. Ohne Schnaps ist kein Leben – es ist die Hölle. Und denk auch, das ist dann deine Schuld. Allein deine Schuld."

Und plötzlich wuchs das Leidensgesicht der Mutter aus der Not dieser Stunde, sie sah wie damals die großen Augen flehentlich auf sich gerichtet und hörte die Mutter drängen: ‚Versprich mir's in meine Hand, Rosemarie, gib mir deine Hand – verlaß den Vater nicht – auch wenn es die letzte Kuh im Stall kostet. Er tut sich sonst was an, und das – das ist ein Tun für die Ewigkeit.'

Das Leben, das warme Leben begann wieder zu pulsen in ihren Gliedern.

„Vater", sagte sie gütig, „Vater, du kriegst deinen Schnaps. Aber ich muß erst Geld beschaffen. Jetzt legst du dich hin, ich bring dir einen Schlaftee und ein paar Schlaftabletten, die noch da sind von der Mutter, dann spürst du deine Gier nach dem

Schnaps nimmer. Und wenn ich heimkomm von Tölz, bring ich dir Schnaps mit."

Das Menschenwrack Franz Zunderer ließ sich in seine Kammer führen, ließ sich Schuhe und Strümpfe und Anzug ausziehen, ins Bett helfen und warm zudecken. „Geh gleich – geh gleich", lallte er noch. „Daß du bald da bist mit dem Schnaps."

Die Rosemarie ging die Stiege hinunter, und das Herz tat ihr weh, wie es nur weh getan hatte beim Sterben der Mutter.

Welche – welche von den beiden Milchgeberinnen sollte sie opfern für Vaters Laster? Die Minka, die Älteste von ihren Dreien, der sie schon als Fünfjährige ein Stückchen von ihrem Brotranft hatte bringen dürfen? Und die aus Freude darüber ihr mit der langen Zunge übers Kleidchen strich, als wolle sie danken! In deren großen kastanienbraunen Augen so viel Duldsamkeit lag, so viel angeborene Gutheit ungequälter Kreatur. Die Minka war mit ihr aufgewachsen, hatte Vater und Mutter nur Freude gemacht. Ja, auch noch dem Vater!

Nein, die Minka sollte nicht in einen fremden Stall kommen, wo sie es schlechter hatte, wo keiner mehr sie lobte: ‚Minka, der Eimer ist wieder voll. Du bist doch die Beste.'

Und deren Tochter Stasi? Die allweil Lustige, die auf der Weide noch Sprünge machte wie ein junges Böckl?

Einmal war sie mit draußen gewesen, und der alte Wolfshund vom Untergraber, nicht ganz recht im

Kopf, war vom Wald her auf sie zugekommen. Bösartig, heimtückisch, mit gefletschten Zähnen.

Sie selbst hätte es gar nicht bemerkt. Sie war vertieft in das Binden eines Blumenkranzels aus Margeriten und Marienpantöffelchen für des Bruders Grab.

Erst als die Stasi wie wild geworden auf den Wolfshund zustürzte und ihm den Weg abschnitt und mit beiden Hörnern nach ihm zielte, erkannte sie die Gefahr. Nein, das Tier, die getreue Hausgenossin und Kameradin, die ihr vielleicht das Leben gerettet hatte, die sollte auch nicht in die Fremde müssen und büßen.

Blieb nur noch die Kalbin Ev, die es so schwer gehabt hatte, auf diese Welt zu kommen.

Die Stasi mußte damals fast daran sterben. Die Mutter hatte aus dem Bett müssen, obwohl ihr der Arzt das Aufstehen verboten, aber sie war noch schwach. Da hatte sie, die Vierzehnjährige, der kranken Mutter ziehen helfen, bis sie beide fast umgefallen waren. Dann lag das Kälbchen in der Laubstreu wie tot. Die Mutter hatte sie in die Schlafkammer geschickt, um das Lilienöl zu holen, das Wunder wirkte. Und sie hatte dem leblosen Tierchen das Öl eingeschüttet, hatte es hin und her bewegt und leise dazu gebetet: ‚Im Namen des Vaters, des Sohnes und Heiligen Geistes.‘

Und das Kälbchen, das Evlein, dehnte sich, holte tief Atem und schlug die Augen auf. Und im kleinen Stall der Zundererleute wurde das Glück so groß, daß sie beide weinen mußten. Die Mutter und sie selber.

Und da sollte sie jetzt eine von den Dreien – Großmutter, Mutter und Kind – aus dem Stall hinausführen auf Nimmerwiederkehr?

‚Nein – tausendmal nein!'

Da lag in Mutters Schmuckschatulle ein Sparbüchl auf den Namen Rosemarie Zunderer, das ihre Patentante ihr hinterlassen hatte mit dem Vermerk: ‚Soll ein Hochzeitsgeschenk sein für mein Patenkind.'

Zweitausendsiebenhundert Mark waren eingeschrieben und lagen auf der Städtischen Sparkasse in Tölz.

Die Mutter hatte das Eigentum ihres Kindes nie angerührt. Nun aber mußte sie es selber tun. Der Vater durfte nicht Hand an sich legen. Wie sagte die Mutter: ‚Das geht in die Ewigkeit.'

Rosemarie füllte die Barren von ihren Dreien und schüttete dem Trudele sein Naßfutter in den kleinen Trog. Dann sperrte sie die Haustür ab, warf noch einen Blick zum Friedhof hoch und sprang aufs Rad. Eine leere Zweiliterflasche hatte sie in ein Papier gewickelt in der Tasche verstaut.

Der Arzt hatte ihr gesagt, daß es der Vater nicht mehr lang machen würde. Die Leber sei bereits zu drei Viertel zersetzt. Eine Entwicklung zum Besseren gebe es nicht mehr.

Da sollte der Vater das bekommen, nach was er verlangte.

Ein Frühsommertag, so lichtgolden, düftegeschwängert und himmelblau, wie nur der Isarwinkel ihn kennt, umgab die Rosemarie, als sie den großen Rank zur tiefer gelegenen Tölzer Stadt hinunterflitzte. Und weil ihr junges Herz sich erst aufgetan hatte den Wundern und Schönheiten dieser Welt, so verlor der schwere Packen, den sie trug, doch etwas an Gewicht.

Sie sah die grünsilberne Riesenschlange, den Fluß, sich winden durch blumenübersäte Auen, die Türme der Kalvarienkirche reckten sich in ehrfurchtgebietender Hoheit, umrauscht von der grünen Waldung und überflutet vom blaugoldenen Licht des Sommerhimmels.

Das Herz der Rosemarie empfand dieses Stück Heimat wie eine Liebkosung, wie Zärtlichkeit.

Dort oben, am heiligen Berg des Isarwinkels, hatte sie jedes Jahr an der Hand der Mutter und früher auch an der des Vaters den Leonhardisegen empfangen.

In Zukunft würde sie allein oben stehen und den Heiligen in einer anderen Welt bitten, daß er seine Hände schützend halte über ihre Drei im Stall und das Trudele. Dann konnte keine Seuche, keine jähe Krankheit kommen durch die Stalltür. Man mußte nur daran glauben.

Bei Vorlegung des Sparbuchs erhielt sie von der Bank zweitausend Mark.

Bevor sie zur Bank ging, hatte sie die Rechnung über drei Tage Aufenthalt und Behandlung des

Vaters im Krankenhaus abgeholt. Sie wußte, daß keine Krankenkasse dafür mehr einsprang, denn der Vater hatte seit seiner Entlassung bei Moralt keine Beiträge mehr geleistet.

Einer der Ärzte des Krankenhauses befand sich gerade im Kassenraum und hörte ihren Namen. Sie sah, wie seine eisgrauen, kühlen Augen sich mit Mitleid füllten, fühlte seine Hand auf ihrer Schulter und hörte ihn sagen:

„Fräulein Zunderer, sollten Sie den alten Herrn nicht mehr ertragen, kann die Gemeinde Ihnen helfen, daß er in Sicherheitsverwahrung kommt. Bei uns hat er zwei Schwestern angegriffen."

Rosemarie fühlte jetzt noch, wie ihr bei dieser Rede das Blut in die Wangen sprang, als sei sie verbrüht. Und sie hatte dem gütigen Arzt fest und sicher geantwortet: „Ich schaff es schon, Herr Doktor! Ich hab meinen Vater ja früher gekannt – früher – ich meine vor dem!"

Es waren fast vierhundert Mark gewesen, die sie auf den Tisch zählen mußte, nachdem sie das Krankenhaus zum zweitenmal aufsuchte.

Nun schob sie ihr Rad mit leerem Magen, für sich wollte sie kein Geld ausgeben, den Berg hinauf, heimzu. Es war ihr leichter ums Herz. Der Schnaps in der Zweiliterflasche gluckerte im Anschnallkörbchen, er würde drei Tage reichen. Unter drei viertel Liter pro Tag kam der Vater nicht mehr aus. Bei diesem Quantum blieb er einigermaßen ruhig und wurde nicht handgreiflich.

Er trank ihn aus Taschenfläschchen von je einem Viertelliter. Ein solches Fläschchen trug er immer bei sich.

Nun blieben ihr sechzehnhundert Mark in bar. Das würde reichen für die letzte Arztrechnung von Mutter, für den Sarg und die Beerdigung. Die Träger würden nichts nehmen. Nicht von einem Kleinhäusler. Da ist es Christenpflicht, sagten die Gaißacher.

Aber sie würde einem jeden von ihnen ein paar warme, handgesponnene und handgestrickte Socken bringen. Während sie ihren Kindern im Sanatorium erzählte, ließ es sich nebenbei stricken. Und die Wolle lag bereit, die hatte sie mit der Mutter noch gesponnen.

Der Gedanke, eine Guttat wieder mit einer Guttat zu vergelten, machte sie froh.

Sie sah rechts und links vom Weg einen Blütenteppich. Es gab keine Farbe, die in dieser Aussaat aus Gottes Hand gefehlt hätte. Wie schön war die Welt!

Als Rosemarie ihr Rad um die Hausecke schob, sah sie einen Wagen stehen, wie ein solcher nur ganz selten bis nach Gaißach kam.

Auf der birkenen Rastbank vor dem Haus saß ein fremder Herr, der allem Anschein nach auf sie wartete. Ein eiskalter Schreck wallte auf. Der Vater wird doch nicht – er wird doch nicht einem Bauernfänger etwas unterschrieben haben!

Aber der Herr sah nicht aus wie ein Bauernfänger. Das war ein Herr, ein wirklicher Herr. Groß und hager stand er vor ihr und stellte sich vor mit Gerald Kubinak.

Sein Blick füllte sich mit Wärme, als er sie betrachtete. Da er nichts weiter als seinen Namen sagte, fragte Rosemarie, warum er gekommen sei. Und es gestand der fremde Herr, fast gehemmt, daß ein großes Anliegen ihn hergeführt habe.

„Dann kommen Sie nur herein", sagte Rosemarie freundlich, obwohl der Gedanke an den Vater sie durchfuhr wie ein Stich.

Aber der Herr griff nach ihrer Hand, und seine Stimme war eine einzige Bitte: „Oh, Fräulein Rosemarie, lassen Sie uns hierbleiben. Hier draußen! Ich hab schon manche Länder kennengelernt. Mein Beruf, mein Unternehmen bringen das mit sich, aber einen wunderbareren Blick, wie diesen hier, hab ich nie erleben dürfen.

Hier will ich Ihnen erst Dank sagen für alles, was sie an meiner kleinen Gloria getan haben. Sie müssen wissen, Gloria ist immer ein armes Kind gewesen. Ihre Mutter, die ich sehr liebte, wurde nach ihrer Geburt nervenleidend und verbrachte all die Jahre, da das Kind eine Mutter gebraucht hätte, in Heilstätten. Lange fürchtete ich, mein Töchterchen habe die Depressionen der Mutter geerbt, nun kann ich mein Kind als geheilt mit mir nehmen.

Vielleicht glauben Sie es nicht, aber ich habe meine kleine Gloria hier im Sanatorium zum erstenmal in ihrem Leben lachen hören. Ich glaube, Sie verstehen, welches Glück das für mich ist. Mit der Heilung ihres Gemütszustandes hat ihre kranke Lunge Schritt gehalten. Sie haben da einen großartigen Menschen als Chefarzt. Er hat meinen Liebling studiert und erkannt, daß das Kind bei Ihnen die rechte Liebe gefunden hat. Und nicht nur mein Kind. Der Chefarzt war es doch, der wünschte, daß Sie bei den Kindern bleiben, sie anhören und für ihre geheimen Kümmernisse Verständnis haben, ihnen Ihre Märchen und Sagen erzählen. Tante Rosemarie hat in diesen grauen Alltag ein Stück Zauber und Seligkeit gebracht, am meisten aber meiner romantischen kleinen Gloria.

Es sind nicht wenige Kinderschwestern gewesen, die in mein großes Haus am Rande von Duisburg gekommen sind, und ich bin überzeugt, mit guten Vorsätzen. Als sie erkennen mußten, daß ihre Bemühungen kaum Widerhall fanden in den ernsten, großen Augen Glorias, sind sie müde geworden und wieder gegangen. Sie aber, Fräulein Rosemarie, sind nicht müde geworden. Und wie mir Gloria erzählte, strahlend erzählte, durfte sie als einzige auf Ihrem Schoß sitzen. Und daß Sie das den andern Kindern im Saal erklärt haben.

Sie hat mir gesagt, am liebsten habe sie Tante Rosemarie, und wenn Tante Rosemarie mit ihr und ihrem Papi nach Duisburg komme, dann wolle sie nie mehr weinen – nie mehr!“

Rosemarie war blaß geworden. Nun wußte sie, warum der fremde Herr neben ihr auf der Rastbank saß, fast wie ein Bittsteller.

Ihr Blick glitt über das Flußtal hinweg zur Benediktenwand hinüber, weiter nach Süden zu den Tiroler Dreitausendern, und ihr Herz krampfte sich zusammen.

Da hörte sie ihn fast demütig sagen:

„Ich weiß, was Sie aufgeben müßten, falls Sie meiner Bitte nachgeben. Aber ich bitte Sie, sagen Sie die Antwort in die Augen meines Töchterchens. Der Arzt hat mir erlaubt, daß ich sie Ihnen bringe."

„Das wird schwer sein", bekannte Rosemarie, und sie zitterte vor diesen Minuten. „Herr Kubinak, ich liebe Ihre kleine Gloria, als wär's mein eigenes Kind. Aber ich liebe auch meine Tiere im Stall. Ich hab sie schon zur Welt kommen sehen. Ich liebe mein altes Elternhaus hier, die Wiese dahinter, das Dorf, den Friedhof, wo meine Mutter liegt und mein Bruder."

„Ich biete Ihnen monatlich zweitausend Mark netto, Sie haben Ihre eigene Zweizimmerwohnung mit Bad, natürlich Farbfernseher, freie Verpflegung, und wenn Sie mit mir und Gloria an einem Tisch essen möchten, so wäre uns beiden das ein Glück. Alle Abgaben für ein gute Altersversorgung übernehme ich.

Ich habe mein einziges Kind vernachlässigt und mehr an mein Unternehmen gedacht als an die Sehnsüchte und Träume eines kranken Kindes. Nun habe ich mir geschworen, mit Gloria zu reisen, dahin, wo die Welt bunt ist und schön wie hier bei Ihnen. Einmal will ich das Werk in die Hände meines ältesten Mitarbeiters legen und mit meiner Tochter reisen. Sie könnten mit uns kommen, und Gloria wäre das glücklichste Kind auf der Welt."

„Herr Kubinak ich – ich bin ganz benommen von Ihrem Angebot. Aber glauben Sie mir, das würde ich gar nicht annehmen. So viel ist der Einsatz eines Kindermädchens nicht wert. Ich hab nur Volksschule, und da bin ich nicht die Beste gewesen. Nein, nein, das wär zuviel! Viel zuviel!

Aber – da ist noch etwas. Es spricht am meisten dagegen. Mein Vater, er braucht mich, er ist krank. Ich kann ihn jetzt nicht verlassen, das wäre schlecht von einer Tochter."

Die Haustür wurde zurückgeworfen, und das Wrack eines Menschen, in Unterhose und Unterhemd, stierte mit blutgeäderten Augen nach draußen.

Als er die beiden sitzen sah, duckte er sich und schlich näher. Seine Hände zitterten wie im Schüttelfrost. In einer von ihnen hielt er das leere Schnapsfläschchen hoch über sich und brüllte seine Tochter mit sich überschlagender Stimme an: „Wie lange soll ich denn noch warten, du Mistvieh?"

Rosemarie bat den Besucher zu gehen; sie werde in etwa zwei Stunden am Einfahrtstor der Kinderheilstätte auf ihn und Gloria warten.

Herr Kubinak war blaß geworden und in seinen Wagen gestiegen. Rosemarie hatte ihm kurz nachgesehen und den Vater versorgt. Wieder, wie so oft, lehnte er das Essen ab, er wollte nur den Schnaps.

Dann ging sie in den Stall zu ihren Tieren. Deren große feuchte Augen sahen ihr entgegen, wartend auf ein liebes Wort und eine zärtliche Gebärde. Das gemähte Gras reichte noch für den Abend. Am nächsten Morgen, bei Tau und Sonnenaufgang, mußte sie neu mähen. Sie bedachte es fast automatisch. Zuviel war auf sie eingestürzt innerhalb dieses Tages.

Da kam ein ganz fremder Mensch von irgendwoher und breitete ein Leben vor ihr aus, wie sie sich ein solches in ihren kühnsten Träumen nicht ausgedacht hatte. Zweitausend Mark bares Gehalt ohne Abzüge, eine eigene Wohnung, wie nur reiche Leute sie sonst haben, die Möglichkeit, zu reisen und die Welt zu sehen, ein Alter mit sicherem Brot, keine Sorgen mehr haben, kein Hetzen, keine Angst vor dem Vater: ein Leben wie im Märchen.

Rosemarie erledigte ihre Arbeit wie eine Marionette. Sie hatte immer noch nicht gegessen, aber sie verspürt keinen Hunger mehr.

Was wohl die Mutter gesagt hätte?

Vielleicht wußte sie darum. Wer auf der ganzen Welt könnte beweisen, daß die Mutter es nicht wußte?

Und plötzlich ist die Rosemarie wieder sie selbst. Die Rosemarie, die schon als Schülerin die Sorgen und Pflichten einer Erwachsenen zu bewältigen hatte. Die, dem Schulhaus kaum entkommen, den Berg hochhetzte zum alten Zunderersachl, mit gejagtem Herzschlag lauschte, ob man den Vater nicht irgendwo brüllen hörte oder die Mutter oben in der Ehkammer leise vor sich hinweinen. Ob das Trudele mit schrillen Tönen nach seinem Futter schrie und die Kalbin Ev mit dem Hinterhuf den Boden malträtierte, weil sie ins Freie und in den Auslauf wollte.

Die Rosemarie war sich wieder bewußt, daß sie hierher gehörte, hier unter das alte rauchgeschwärzte Dach, daß Mutters Grab zu ihrem Leben gehörte wie der ewige Brunnen vor dem Haus zum Zunderersachl.

Sie mußte eine Lösung finden für Gloria, das Vögelchen. Es würde sich eine Lösung finden lassen, wenn sie die Steinstiege zur Kirche hochging, darin niederkniete und betete, wie sie so oft schon gebetet hatte. Und dann ans Grab der Mutter, um deren Antwort zu wissen.

Es war ihr immer noch leichter ums Herz geworden, wenn sie mit ihren Sorgen und Kümmernissen zum Vater aller Lebendigen gegangen war. Nun aber, seit dem Sterben der Mutter, wußte sie, daß aus Seinem Reich der Bruder hatte kommen dürfen, um der geliebten Mutter das Sterben leicht zu machen. Wenn sie ihn auch nicht mit ihren Augen gesehen hatte, sie hatte gespürt, daß er dagewesen war. Das war nun Wissen – nicht allein Glaube.

*

Kurz vor der festgelegten Zeit stand Rosemarie vor dem Einfahrtstor der Kinderheilstätte. Sie brauchte nicht lange zu warten. Glorias Jubelschrei: „Tante Rosemarie – Tante Rosemarie!" hallte weit hörbar die blumengefaßte Einfahrt entlang. Herr Kubinak konnte seinem Töchterchen kaum folgen.

Sie gingen zu dritt den schmalen Höhenweg entlang, von dem man das Gefühl bekam, daß er geradewegs in den Himmel führte. So weit, so tief lag alles unter ihnen. Eine schmale Bank stand nahe dem alten Feldkreuz, von dem es heißt, daß die Gaißacher Mannen vor ihm gekniet seien, bevor sie mit Balthes, dem Schmied von Kochl, zu Kampf und Tod in die Sendlinger Schlacht marschierten.

Darauf setzte sich Rosemarie und nahm das Kind in ihre festen, braungebrannten Arme.

„Mein Vögelchen", sagte sie liebevoll. „Mein Vögelchen! Nun hör mir gut zu. Tante Rosemarie wüßte nichts Schöneres, als mit dir und Papi heimzufahren. Mach nicht so traurige Augen – es wird alles gut. Tante Rosemarie hat einen Papi, der ist sehr krank. Vielleicht muß er bald sterben. Und er hat niemand. Keinen Menschen, der ihm hilft. Sag selbst, kann sie den verlassen und mit dir kommen? Würdest du, wenn du groß und stark wärst wie ich, deinen kranken Papi verlassen?"

Das Kind, das erfaßt hatte, daß sein Traum nicht Wirklichkeit werden konnte, schüttelte mit nassen Augen heftig den Kopf und schluckte tapfer die Tränen hinunter. Und Rosemarie redete weiter:

„Dann ist da noch das Trudele, das immer Hunger hat, und Mauzi, das Kätzchen, und drei große brave Kühe, die genauso auf Tante Rosemarie warten wie du und die anderen Kinder immer gewartet haben.

Und es ist niemand da, der ihnen Gras mäht und in den Stall bringt und sie füttert. Sie müßten verhungern und sterben, mein Vögelchen.

Alle, von denen ich dir eben erzählte, müßten verhungern und sterben.

Wir werden jetzt mit Papi ins Zunderersachl heimgehen, und ich werde sie dir zeigen, und du kannst mit ihnen reden.

Das Trudele, das Schweinchen, hat himmelblaue, gescheite Äuglein, du wirst sehen."

„Wenn du nicht mit uns kommst, bin ich ja wieder allein – Papi hat doch nie Zeit", fing das Kind nun hemmungslos an zu weinen.

„Oh, Vögelchen – du wirst nicht mehr allein sein. Da ist doch Schwester Claudia, die so wunderschön singt. Und sie hat euch Kinder so lieb wie ich. Ich hab sie am Friedhof getroffen und habe mit ihr geredet. Sie würde mit dir und deinem Papi nach Duisburg kommen und immer bei dir sein, wenn es ihm recht ist."

Des Kindes Weinen verebbte allmählich. „Schwester Claudia hab ich auch lieb. Aber nicht so lieb wie dich. Und dann – sie weiß keine Märchen und Geschichten aus den Bergen so wie du."

Aber auch dafür wußte Tante Rosemarie Rat.

„Vögelchen", sagte sie, und ihr Herz wurde ganz leicht und froh, „Vögelchen, du sollst meine Geschichten hören, als wenn du noch da in Gaißach im Sanatorium leben würdest. Siehst du, da liegt von meinem Bruder noch ein Tonbandapparat in seinem Schrank. Da lege ich jeden Tag ein Tonband ein – da hörst du meine Märchen und hörst auch die Kinder um mich atmen und flüstern, und ich denke, ich halte mein Vögelchen im Arm und bin ganz bei dir in Gedanken.

Und wenn es deinem Papi recht ist, dann kannst du jeden Sommer und um Weihnachten in den Schulferien zu mir ins Zunderersachl kommen. Du kannst in meiner Kammer schlafen, ganz nah bei mir, und die Geschichten, die ich dir dann erzähle, sind ganz für dich allein.

Und du kannst mit mir das Trudele füttern. Mauzi, das Kätzchen, und wir beide werden in der Isar schwimmen gehen, und vielleicht kann auch dein Papi dich besuchen kommen."

Glorias Tränen versiegten. Das Kind löste seine Ärmchen vom Hals der Tante Rosemarie, glitt von ihrem Schoß, nahm seinen Papi bei der Hand und sagte tapfer: „Ist dir das recht so, Papi?"

*

Vor drei Tagen war der Unternehmer aus dem Tiefland mit seinem Töchterchen abgefahren. Beide waren täglich ins Zunderersachl gekommen, hatten sich wohl gefühlt in der blitzblanken Stube mit den schweren Deckenbalken und dem Inntaler Kachelofen, hatten füttern helfen im Stall und dem Trudelchen Delikatessen gebracht. Dann sind sie im großen Wagen mit Rosemarie nach Garmisch gefahren, weil sie noch nie dort war. Wie zufällig bummelten sie zum besten Juweliergeschäft am Marktplatz und blieben vor dem Schaufenster stehen. Da lagen Herrlichkeiten aus, auch ein Kreuz an goldener Kette mit bunten Halbedelsteinen und einem Brillanten inmitten. Herr Kubinak hatte so nebenbei gefragt: „Würde so etwas vielleicht auch zu Ihrer schönen Tracht passen, Fräulein Rosemarie?“ Und als sie nichtsahnend bejahte, verstaute er sie und Gloria im Café nebenan und verschwand kurzfristig.

Beim Abschied hatte er Rosemarie ein kleines Päckchen übergeben, das eingewickelt war in einen Scheck über zweitausend Mark.

Rosemarie war so gerührt, daß sie zu einem Menschen gehen mußte, dem sie die Herrlichkeiten zeigen konnte.

Sie war den schmalen Fußweg hinaufgegangen zum Trollerhof, und ihr Schritt war beschwingt von Freude, wie schon lange nicht mehr.

Im Blumengarterl neben der Einfahrt duftete die Pracht der weißen Josephslilien, daß man die Augen schließen mußte. Hoch reckte sich im freien Raum das tränende Herz, das sich eben anschickte, seine tausend Blüten zu öffnen und weinen zu lassen. Die duftende Bauernklatschrose verströmte ihren Duft in ihrer Hochzeitstrunkenheit, und der heilsame Fingerhut thronte in fünf Farben neben bescheidenen Rosmarinstöcken und siebenfarbigen Margeriten. Hinter den Klatschrosen hob sich ein blondgelockter Kopf, und große Augen, wie blaue Leuchten, sahen sie an mit Sehnen.

Rosemaries Herzschlag setzte aus und setzte wieder ein wie Trommelfeuer. Der Mann sah das Erblassen und Erglühen der mädchenhaft jungen Nachbarin, die zum schönsten Knosperl weitum herangeblüht war.

Seit er dies entdeckt hatte, war er ein anderer geworden. Bis dahin trieb es ihn mit Allgewalt, Ausschau zu halten nach einem Weiberl, das ihm mehr geben konnte als Verliebtheit und für eine kurze Spanne Ruhe. Er spürte, daß da etwas war, in, vielleicht besser über seinem Leben, ein Glück, eine Insel des Friedens, die nicht zu beschreiben war. Er spürte es und sehnte sich danach. Nun war dieses Sehnen still geworden, seit Veit Troller erkannte, daß es ausstrahlte vom Mädchen Rosemarie.

So standen sie beide voreinander, der Mann hatte den Bast, womit er die Klatschrosen festband, noch in Händen. Sie schauten sich an, und alles, was aus des Herrgotts Schöpfung kam, brandete auf wie das Hohe Lied.

Das Mädchen riß ihren Blick los von Veit Troller, dem geliebten Mann, und blickte hinüber über das Flußtal nach Wackersberg, wo sie Veit Troller zum erstenmal angesehen hatte. Die sinkende Abendsonne warf Feuergarben über den Himmel. Sie griffen hinüber bis zu den südlichen Bergen, wo auf Firnen und Gletschern unterm tiefblauen Himmelsgewölbe alles zu glühen begann.

Etwas vom Zauber der Abendröte lag auf Rosemaries Gesicht. In ihren großen Augen war die ganze Anbetung und Frömmigkeit, deren ein Mensch fähig war.

‚Ich bin sie gar nicht wert. Sie ist, als hätte sie der Herrgott grad aus der Hand gegeben', dachte der Mann in großer Demut.

Da hörte er die wie geknebelt klingende Stimme des Dirndls:

„Veit – ist die Trollermutter da? Ich möcht ihr etwas zeigen. Schau, das hat mir der gute Herr gegeben von Duisburg, dem meine Gloria gehört. Ich hab dir doch erzählt von meinem kleinen Vögelchen im Kindersanatorium. Und diesen Scheck hat er dabei gehabt, fast drückt er mich wie ein Stein. Ich hab dem Mann solch eine Enttäuschung bereitet, weil ich nicht mit ihm und Gloria gehen konnte. Aber kann ich?

Wo bleiben mein Vater, meine Kuahlan und mein Trudelchen und Mauzi?"

„... und an mich denkst du nicht, Rosemarie? Ich kann an nichts anderes mehr denken als an dich.

Ich bitt dich, komm zum Feldkreuz, da sind wir allein. Ich muß dich etwas fragen.

Die Mutter hat wieder ihr Kopfweh, heut ist es ärger als sonst. Sie liegt oben in ihrer Kammer, geh nur hinauf. Sie wird sich freuen; sie mag dich gern. Wer mag dich nicht!

Und das Kreuz da: Es hat keine Großbäuerin ein schöneres im ganzen Oberland!"

Rosemarie betrachtete ihr Kleinod, das blauschwarze Haar ringelte sich im sonnengebräunten Nacken, über den vergißmeinnichtblauen Augen schatteten lange, fast schwarze Wimpern. Sie trug einen blaugepunkteten Leinenrock mit einem kurzen Miederchen, und der junge Nachbar wußte, daß sie das selber genäht hatte. Klein und fest zeichneten sich ihre beiden Hügelchen ab unterm Mieder. Zur Hälfte hatten sie Freiheit und spannten die weiße, hautenge Bluse.

Ein solcher Anblick hatte den Veit Troller vom sechzehnten Lebensjahr an in Aufregung versetzt.

Nun war es anders. Zum erstenmal anders.

Es war ein großes Glücksgefühl in ihm, ein unbekannter Friede.

So mochte einem Wüstenwanderer sein, der nach Tagen des Irrens die erste Oase mit klarer Quelle fand.

Und er sagte noch mal: „Komm zum Feldkreuz, ich muß dich was fragen. Vom Betläuten an bin ich dort."

„Wenn der Vater Frieden gibt, dann komm ich!"

Und sie ging mit tänzerisch leichten Schritten zum Haus und die Stiege hinauf.

Der Trollermutter rann kalter Schweiß über die Stirn vor Schmerzen. Der alte Troller saß auf einem Stuhl neben ihrem Bett und hielt ihre Hand. Achtzig war die Trollermutter, achtzig der Mann.

Es war nicht oft gewesen, daß der Mann ihre Hand gehalten hatte innerhalb eines halben Jahrhunderts. Auch war der Troller nie ein Schöntuer. Aber der Troller war ein geachteter, rechtschaffener Mann, dem man in allen Lagen des Lebens vertrauen konnte.

So hatte sie mit einem gewissen Dankgefühl das Jawort gegeben und war Trollerbäuerin geworden. Arbeit gab's soviel, daß ihr wenig Zeit zum Träumen oder Büchllesen blieb. Damals hatte man noch Ehhalten und hielt auf guten Ruf. Es hatte keiner ein unrechtes Wort gehört.

Und als die Söhne dann geboren wurden, jedes Jahr einer, da stellte sich langsam das ein, was wir Menschen Glück nennen.

Dann schlug der Herrgott zu, dreimal hintereinander, und da waren sie unter der Wucht des Schmerzes zusammengewachsen, wie aus einem Guß.

Als sie später den winzigen Trollerhoferben im Steckkissen holten, da waren beide wohl in Wahrheit glücklicher gewesen als am Tage der Hochzeit. Der alte Troller hatte die Worte, die seine Bäuerin an der Türschwelle seines Hofes sagte, nie vergessen.

‚Vater', sagte sie, ‚der Herrgott hat uns am schwersten geschlagen im ganzen Dorf. Aber schau! Hier haben wir wieder einen kleinen Troller, und ich will den Himmel täglich bitten, daß er nicht der letzte bleibt.'

Seit zwei Stunden saß der Troller am Bett seiner Bäuerin und hielt ihre Hand. Hin und wieder verkrampfte sich ihr Gesicht, der Schmerz entstellte es. Dann zog der Mann sein Sacktuch aus seinem ledernen Hosensack und trocknete ihr die kalten Schweißtropfen fort. Seine Hand, braun wie Baumwurzeln, legte sich mit rührender Behutsamkeit auf die eingesunkene Wange der Leidenden, und sie hörte ihn leise, mit großer Inbrunst sagen: „Wenn ich dir doch helfen könnte!"

Die Trollermutter wollte nicht, daß man einen Doktor holte.

Zweimal war sie in München schon operiert worden, und jedesmal waren die Schmerzen wiedergekommen und ärger geworden.

Nun wollte sie keinen Arzt mehr und überließ es dem Herrgott.

Sie öffnete die Augen, als sie die Rosemarie leise durch die Tür kommen hörte. Etwas wie Freude huschte über ihr Gesicht, aber ein neuer Krampfanfall löschte es aus. Die Trollermutter zog ihre Hand aus der des Mannes und zeigte neben sich auf den Stuhl, von dem sich der Bauer mühsam erhob.

„Rosemarie", sagte er bittend, „bleib ein bissel bei ihr. Ich muß nach dem Veit schauen."

Die Rosemarie überkam beim Anblick der Kranken ein Erbarmen, daß sie weinen könnte. Von der Trollermutter war immer nur Gutes gekommen für das Zunderersachl. Öfter als einmal war sie, wenn der Bauer in Tölz war, das Steigl herabgekommen mit dem vollen Henkelkorb am Arm, hatte nach der kranken Mutter gesehen und auf dem Küchentisch ausgepackt.

Rosemarie wußte, daß der Bauer nichts davon erfahren durfte. Der stolze Großbauer hatte nicht viel übrig für die Not der Kleinhäusler. An ihm bewahrheitete sich das ewig wahre Wort: Reichtum macht hart.

Wie von innerem Zwang getrieben, legte die Rosemarie ihre schmale Mädchenhand auf die Stirn der Kranken und schaute ihr liebend in die Augen.

Die Kranke wurde ruhig und holte tief Atem.

Als ob sie ein Unsichtbarer aufforderte, ihre junge Kraft einzusetzen gegen den Schmerz der Wehrlosen, rief das Mädchen all ihre inneren Kräfte auf den Plan. Sie schloß die Augen und schrie wortlos hinauf zu dem, an den sie von Kindheit an glaubte mit der ganzen Unschuld ihres Herzens.

‚Vater im Himmel – Vater im Himmel – nimm ihr den Schmerz! Und wenn es sein muß, gib mir einen Teil davon – aber nimm ihr den Schmerz!‘

Die eingesunkene Brust der Trollermutter hob und senkte sich in gleichmäßig tiefen, ruhigen Atemzügen. Ein erlöstes Lächeln spielte über das alte Gesicht. Es war nichts mehr da von der Qual der

Verkrampfung und der unbeschreiblichen Angst in den Augen.

Rosemarie löste unendlich behutsam ihre Hand von der Stirn der Schlafenden, nahm ihr Päckchen und den Scheck, den sie ihr zeigen wollte, von der Bettdecke und verließ unhörbar die Kammer.

Der Veit war nicht mehr in seinem herrlichen Blumengarten, auch den Trollervater sah sie nirgends. Rechter Hand, im Maschinenschuppen, schepperte ein Handwerkszeug. Da würden sie sein.

Der Blick Rosemaries schweifte über die Wiesmahden hin; sie standen so gut und hoch wie selten. Morgen früh ums Tagwerden würde sie zu mähen anfangen. Ihre drei Kuahlan brauchten im Winter ganz schön viel Heu, aber auch die drei Schafein, die Muck, die Mink und die Muhla, die der Gergenbauer mit den seinen auf die Alm genommen hatte, brauchten ihr Futter.

Der Gergenbauer war ein guter Mann. Er hatte sich nicht lang bitten lassen, er hatte selber gesagt: ‚Rosemarie – jetzt, wo der Vater nimmer arbeiten kann um dir die Weidplätz auszuzäunen, wird's nicht leicht sein mit deinen drei Schafein. Wenn der Michl unsere Schafherd bei dir vorbei auf die Alm treibt, so nimmt er deine drei mit bis zum Abtreiben. Ob sechzig oder dreiundsechzig auf dem Roß- und Buchstein sommern, das bleibt sich gleich.‘

Oh, sie hätte dem Gergenbauern am liebsten einen Kuß gegeben vor lauter Freud! Wenn doch alle Menschen wären wie der Gergenbauer! Aber er sollte ja nicht glauben, sie lasse sich das einfach schenken!

Von Mitte Oktober ab fiel beim Gergen das Falblaub von den Grenzbäumen. Und seine Grenze war lang. Er hatte fast nur Ahorn und Unterholz. Das wollte zusammengerecht sein! Und beim Gergen waren wenig Leut, seit der Zweitgeborene zum Militärdienst eingerückt war.

Wie würden die alle staunen, wenn sie mit dem Laubwagen eines Morgens anrückte und das windgejagte Laub in sauberen Haufen an der Hofgemarkung entlang zum Einfüllen bereit lag!

So froh stimmte sie dieses Vorhaben, daß sie hurtig und leicht wie ein Rehlein das schmale Fußwegerl vom prächtigen Trollerhof zum kleinen, geduckten Zundererṡachl hinuntersprang.

Ein Glücksgefühl, nicht zu beschreiben, durchströmte sie, wenn sie an den späten Abend ums Betläuten dachte, wo sie den Veit wiedersah. Was er sie wohl fragen wollte? Das Versprechen, das sie ihrer sterbenden Mutter gegeben hatte, fiel ihr ein, und ihr Herz wurde schwer.

Vom Kirchturm schlug es halb sechs. Eine gute Stallerin saß jetzt unter den Kühen. Es sei denn, sie hatte eine moderne Melkmaschine.

Aber Rosemarie hatte so ihre eigenen Gedanken über die Wunder der Technik. Sie glaubte felsenfest, daß es einer lebendigen Kuh, mit der man redete, Tag für Tag, deren Euter man säuberte und tätschelte und in deren feuchte große Augen hinein man lobte, lieber war, von warmer, guter Hand gemolken zu werden als von einem Stück kalten Stahl.

‚Die guten Ströme in jedem Lebewesen wollen sich gegenseitig berühren, Mensch und Tier sollen sich wohl fühlen und nicht vereinsamen.‘

Das waren die Gedanken der Rosemarie, sie hatte noch mit keinem darüber gesprochen, und manchmal lächelte sie über sich selbst.

Die Tiere hatten sie bereits kommen hören und taten dies lautstark kund. Vor allem anderen aber mußte sie nach dem Vater schauen. Vielleicht schlief er noch, konnte aber auch sein, daß er Schmerzen hatte. Der Arzt hatte ihr gesagt, das, was er jetzt verschreibe, sei das stärkste Mittel, um die Schmerzen zu lindern. Sie dürfe ihm, wenn er keine Linderung spüre, ein oder gar zwei Tabletten mehr geben.

Als sie die Tür zu Vaters Kammer öffnete, saß dieser am kleinen wackligen Tischchen und schrieb. Fuselgeruch ging aus von ihm, das Viertelliterfläschchen, das sie ihm gefüllt hatte, stand leer auf dem Tisch. Die schütteren, jäh ergrauten Haare standen in dünnen Strähnen vom Kopf ab, und der graue Stoppelbart vervollständigte das Bild der Ungepflegtheit.

Und was für ein stattlicher Mann war der Vater doch immer gewesen! Sechs, sieben Jahre hatten genügt, ihn zu einem vollkommen anderen Menschen zu machen. Zu einem todkranken, hoffnungslosen Menschen. Zeitweise zu einem bösen, gefährlichen Menschen.

„Vater“, sagte sie, „ist es besser mit den Schmerzen?“

Er sah auf von seinem Schreiben und streckte den Arm aus.

Rosemarie trat nah auf ihn zu, und der Ausdruck, mit dem er ihr entgegenschaute, erschütterte sie.

In diesen Augen war etwas vom alten Vater, vom ehemaligen Vater. Tränen würgten sie, und wenn der Schnapsdunst sie nicht abgestoßen hätte, wäre sie ihm um den Hals gefallen und hätte geweint.

„Rosemarie“, sagte er, und seine Stimme zitterte, „Rosemarie, da ist mein Testament. Alles, was da ist und zum Zunderersachl gehört, wird dein Eigentum. Wär schon alles zusammengebrochen, hätt'st du es nicht gehalten. Dein Bruder, der Eberhard, ist der bravste, tüchtigste Bursch gewesen im Oberland. Jeder, der ihn gekannt hat, weiß es.

Hab nicht den Glauben g'habt wie deine Mutter. Drum bin ich nicht fertig worden damit, daß er so jung und sinnlos hat sterben müssen.

Aber der Alkohol ist einer der sieben Teufel, die in der Welt umgehen. Rosemarie – bet für mich, wenn ich nicht mehr da bin. Ich glaub, ich verdien's nicht, daß sie mich neben deine Mutter legen.“

Darauf stand der Vater schwankend vom Stuhl auf und streckte ihr das leere Fläschchen entgegen.

*

Als die Rosemarie den warmen Stall verließ, dämmerte es bereits. Ihre Kuahlan lagen auf der sauberen Streu, wiederkäuten genüßlich und schauten ihr großäugig nach.

Sie hatte noch mal nach dem Vater gesehen. Er war ohne Schmerzen und nahm seine Abendmahlzeit – Schluck um Schluck aus dem wiedergefüllten Schnapsfläschchen. Das Essen lehnte er ab wie meist.

Er hatte ihr versprochen, sich bald niederzulegen und das Haus nicht zu verlassen.

Als die Tür hinter ihr ins Schloß fiel, wurde ihr bewußt, was sie vor hatte. Zum erstenmal in ihrem Leben ging sie zu einem Stelldichein. Zu einem Stelldichein mit dem saubersten, aber auch berüchtigsten Burschen im Dorf.

Mutters angstvolle Augen, mit denen sie ihr das Versprechen abgenommen, den Veit zu meiden, wurden lebendig, und ihr Herz wurde schwer an schlechtem Gewissen. Aber da fingen zwei andere Augen an zu leuchten, zwei mächtige, blitzblaue Veitaugen, Mannsaugen, mit allen Versprechungen und Lockungen brennenden Lebens.

Diese Augen hatten eine ungeheure Macht. Sie deckten alles zu, was bislang ihr Dasein ausmachte, ihre Tage füllte, was ihre alleinige Liebe und Erfüllung war. Sie rissen alles auf, was nur in unbewußten Träumen in ihr geschlummert hatte. Diese Augen machten einen anderen Menschen aus ihr.

Wie sie so dahinging, gegen das Feldkreuz zu, das Dorf immer mehr unter ihr zu liegen kam, war ihr, als ginge sie einer Verzauberung entgegen.

Duftwogen stiegen auf von Gras, Blüten, Wald und Wildbach, der sie begleitete. Am Firmament glühten unzählbar die Sterne auf, und über den Wackersberger Höhen gingen Sternschnuppen nieder.

Geheimnisvoll schimmerten die Friedhofskreuze bis herüber auf ihren Weg. Unwillkürlich falteten sich ihre Hände wie zum Gebet, und die Zerrissenheit tief innen suchte Worte: ‚Verzeih mir, Mutter – verzeih mir!'

Der Veit kam ihr mit großen Sprüngen entgegen. Sein leinenes Hemd klaffte weit auf, seine Brust war goldblond, dicht behaart. Seine Lederhose hatte er handbreit zurückgeschlagen, keiner trug sie kürzer im Dorf.

Er breitete die Arme weit, als er vor ihr stand, und die ganze Inbrunst, die in ihm tobte, brach aus seinen Augen.

„Dirnei – Rosemarie, daß du gekommen bist!"

Sie schaute auf zu ihm, er war um einen Kopf größer. Und wie sie so vor ihm stand, ihr reines Gesicht dem Sternenhimmel preisgegeben war, nichts als Unschuld leuchtete aus diesen Augen. Da vollzog sich eine Wandlung im Mann Veit Troller.

Sacht, fast scheu legte er seinen Arm auf ihre Schultern und ging so die letzten zwanzig Schritte zum Bankerl zurück, das neben dem Feldkreuz stand. Sein schafwollener Janker lag darauf, und er breitete ihn sorgend über die Schultern der Rosemarie.

„Von der Filz herauf weht es kühl am Abend, und dir ist warm vom Steigen."

„Ich dank schön", sagte das Dirndl und rückte kaum merklich von ihm ab.

So saßen sie eine ganze Weile ohne ein Wort zu reden.

Dem Manne war, wie ihm noch nie vorher gewesen war.

Die Unruhe des Blutes hatte ihn beherrscht und getrieben vom sechzehnten Lebensjahr an.

Die erste, die ihm entgegengekommen war, war schamlos vor Begierde. Er war nicht nur erschrokken, er war abgestoßen und machte gleich wieder Schluß. Anders, ganz anders hatte er sich dieses ‚erste Mal' erträumt in den Nächten, da es ihn umtrieb. Das Schönste, das Wunderbarste, das es auf dieser Erde gab, würde einer dabei erleben. So schrieben die Büchlschreiber. Auch die ganz großen, die begnadeten Künstler sollten es erlebt haben, und ihre unsterblichen Werke bewiesen es.

Die erste hatte ihm nichts gegeben außer dem raschen Rausch des Blutes und einem Gefühl des Betrogenseins. Es blieb nichts zurück von dieser Stunde, die wie eine Segnung, ein Geschenk hätte sein sollen.

„Veit – du willst mich was fragen?" sagte Rosemarie leise.

Den Mann riß es aus seiner Rückschau, als hätten die Posaunen von Jericho ihn geweckt. Seine Hand suchte die ihre, als brauchte er einen Halt, eine Stütze für das, was vor ihm lag.

Rosemarie empfand den Druck seiner Hand als ein Glück, das jeden Blutstropfen ihres Leibes durchdrang. Sie wartete.

Und es fing Veit Troller, der Luftikus, der Leichtlebige, der Trillerbursch und Hahn im Korbe, mit unsicherer Stimme an zu reden:

„Rosemarie, Dirnei, jetzt mußt tapfer sein. Bevor ich dich frag, sollst alles wissen von mir – alles!

Bin nicht der lautere, gradlinige, zufriedene Mensch, wie du es bist. Bin allweil auf der Suche gewesen, seit ich denken kann. Dabei hab ich nie recht g'wußt, nach was ich such.

Am wohlsten ist mir noch g'wesen, wenn ich ein Instrument in der Hand gehabt hab und hab spielen können.

Ich glaub, wär ich nicht der zukünftige Trollerbauer von Gaißach, wär ich am liebsten ein wandernder Musikant.

Du hast sicher auch schon g'hört, was man munkelt im Dorf: Der Troller Veit ist nicht zufrieden mit der Gemeindejagdgerechtigkeit, der geistert mit dem Lumpenstrumpf überm Schädel hin und wieder im Lenggrieser Gebiet, und in den Faller Bergen will ihn ein Almputzer auch schon gesehen haben.

Und der gewaltige Wachler auf seinem Plüschhut sei in den Faller Bergen gewachsen. Bei dem sprichwörtlichen Glück, das dem Veit nachläuft, verwundert's niemand, daß ihn auch der schärfste Jager noch nicht gefaßt hat."

Der Veit Troller schwieg und schaute die Rosemarie an, die wie versteinert neben ihm saß.

Daß der heimlich geliebte Mann sich klein machte vor ihr, der armen geplagten Kleinhäuslertochter, trieb ihr Tränen in die Augen.

Vom nahen Wald herüber hörte man zwei Nachtvögel auf ihren Horsten unruhig werden. Gleich darauf strich einer von ihnen lautlos in die mondbeschienene Gemarkung hinaus nach Beute.

Ein Reh mit zwei gepunkteten Kitzen trat aus dem Wald und suchte sich auf der Einmahd vom Obermayer das Feinste, das da noch wuchs. Hin und wieder warf es den schönen Kopf zurück und lauschte in die Nacht.

Am Rand der Jungpflanzung strich eine Dächsin mit zwei Jungen entlang, sie wollte ihren Kindern den Platz zeigen, wo man Engerlinge graben konnte, so lang wie ein Zeigefinger und fett wie Butter.

Oben, am Quellsprung vom kleinen Wildbach, keckerte ein Fuchs. Der Stimme nach war es ein Jungfuchs. Er wartete wohl, was die Mutter zum Bau brachte.

Das Gesicht des Veit erhellte sich – der Jäger in ihm war wach geworden und freute sich über den gesunden Wurf der Füchsin, die er seit langem kannte.

„So g'fallst mir – ich mein, wenn du fröhlich bist“, sagte die Rosemarie und schwieg wieder.

Der Mann wurde sich seines Vorhabens wieder bewußt, seine Züge verschatteten sich erneut, und er fuhr fort:

„Schau, Dirndl, das Sichere und Alltägliche ist mir allweil bald langweilig worden. Eine Gefahr hat dabei sein müssen, ein Kitzel!

Wenn ich dem Jager und seinem Hund hab entkommen können, manchmal mit Einsatz des Lebens, dann ist mir wohl gewesen. Ist mir allweil um die verbotene Trophäe gegangen, weniger ums Wildbret.

Rosemarie, du bist ja ganz blaß geworden! Mußt keine Sorg haben, bald ist der Troller Veit kein Wilderer mehr – alles liegt in deiner Hand. Aber das von den Weibern sollst du auch wissen: Ich weiß nimmer, wieviel es waren, die ich genommen hab, weil sie es so wollten.

Und du mußt wissen: Ein Glück, ein wirkliches Glück ist es nie gewesen. Das weiß ich erst – ja, das weiß ich erst, seit mich die Liab ang'sprungen hat. Die Liab zu dir.

Die Welt hat sich seit dieser Stund verändert, die ganze Welt. Wenn ich so neben dir sitz und deine Hand halt, dann ist mir, als ob ich ein anderer Mensch sei – ein besserer Mensch.

Für keine von all den anderen hätt ich ein Opfer bringen mögen. Für dich, Rosemarie, Dirnei, liabs, für dich könnt ich sterben.

Ja, wenn du es willst, wie's mich auch hinzieht zu dir – ich mein ganz, ganz, ich bring die Kraft auf zu warten.

Kann mir denken, daß du dein Kranzl zu Recht tragen willst, ohne Lug am Altar stehen, ganz als unberührte Braut.

Meine Mutter hab ich nie kennt. Aber meine Großmutter, die mir Mutter geworden ist, hat einmal gesagt:

‚Veit, Bub, du treibst es sündhaft. Weißt du denn nicht, daß, wenn du einem unschuldigen Dirndl das Kranzl nimmst, du ihr das Beste nimmst, was sie hat? Was nur dem Mann gehört, dessen Kinder sie auf die Welt bringen will. Aber es ist nicht nur allein das, daß du einen andern damit bestiehlst und ärmer machst, es reicht weiter.

Eine unberührte Braut vor dem Altar strahlt einen Zauber aus, den kein Dichter beschreiben kann. Auch wenn die Liebe der Eheleute im Lauf der Jahre müd geworden ist und nicht mehr jubelt und strahlt, wenn die Schläge, die das Dasein mit sich bringt, hart waren und gnadenlos, so bleibt dem Mann doch das heimliche Glück um die Gewißheit, daß die Gefährtin seines Lebens nur ihm und nie einem andern gehört hat.‘

Das aber sei in einer Ehe wie ein verborgener Schatz.

So hat meine Großmutter mir gesagt, ist noch nicht allzulang her. Aber ich hab nur gelacht und gemeint, das sei aus einem anderen Zeitalter, und bin mit meinem Moped um die Ecke geflitzt, wo eine bildsaubere Rheinländerin schon auf mich gewartet hat.

Rosemarie, jetzt erst versteh ich, was die Großmutter damit gemeint hat. Ich will sauber werden bis zum Tag der Hochzeit. So sauber wie du bist, kann ich nicht mehr werden, aber doch so, wie ich's vermag.

Und wenn mich die Sehnsucht nach dir umtreibt, ich will dich nicht bedrängen.

Dirnei, mein Dirnei, ist das nichts?"

Nun hatte der Veit die Rosemarie an den Schultern gepackt und hochgerissen, und seine Augen standen wie Leuchten über ihr.

Der Rosemarie perlten Tränen über die blutroten Wangen, und ihre Lippen, voll und lockend, zitterten.

Aber der Veit Troller küßte sie nur ganz zart, fast andächtig, und sagte feierlich:

„Und somit, Rosemarie Zunderer, frage ich dich: Willst du mein Eheweib werden fürs ganze Leben und meine Trollerbäuerin?"

In diesem Augenblick hörten sie zehn Schläge kurz nacheinander vom Kirchturm. Die Pflichten des Lebens rüttelten die Rosemarie wach, sie schaute den Veit flehend an und drängte: „Laß mich gehen, Veit, der Vater könnt wach sein und mich brauchen, der Vater, du weißt doch!"

Aber der Mann hielt sie fest: „Wir zwei gehen gemeinsam heim zu dir. Glaubst du denn, Dirnei, wir Trollers wüßten nicht, was du durchgemacht hast, seit du aus der Schule daheim bist?

Und jetzt beantworte erst meine Frage: Willst mich zum Mann, und hast Du mich gern?"

Da legte die Rosemarie ihre Arme um seinen Nacken und sagte einfach:

„Das spürst du doch, Veit. Brauchst nicht mehr fragen."

*

Anderntags begann die Heuernte beim Troller und den anderen Großbauern von Gaißach. Die große Ernte im Bergland.

Es stehen im Oberland keine goldenen Weizenäkker unter der Glocke des Himmels, keine endlosen Rüben- und Kartoffelstrangen, kein Mais und keine Zuckerrüben, es ist nur der Reichtum gepflegter Grasmahden mit abertausend Heilkräutern dazwischen.

Diese aber geben den Wohlstand und das tägliche Brot neben den schlagreifen Stämmen der Wälder.

Rosemarie hatte nicht geschlafen in dieser Nacht. Das Glück, das große Glück war über sie gekommen, kaum zu fassen. Und es war kein Bangen mehr in ihr, keine Angst.

Was auch gewesen vor diesem Tag, es sollte ausgelöscht sein, den Beginn ihres Frauendaseins nicht überschatten.

Nun stand die perlmuttfarbene Dämmerung über den östlichen Bergen, und Rosemarie hatte bereits die erste breite Mahd ihrer Heimweide hinter sich. Ihren Armen war doppelte Kraft gegeben, seit ihr Herz trunken war von Glück. Oben am Trollerhof hatte sie zu Beginn der Mahd die Mähmaschine scheppern hören, der Veit mähte heute unten am Fluß. Da stand das Gras bis zur Brust. Seit der Trollerbauer den großen Selbstauflader gekauft hatte, waren die Trollerleut mit bei den ersten, die die Ernte unterm Dach hatten.

Nur die Kleinhäusler wetzten ihre Sensen noch und legten die kostbaren Gräser mit der Kraft ihrer Arme nieder. Rosemarie merkte nichts von Müdigkeit. Gleich nach dem Mähen war Stallarbeit, dann mußte sie streuen.

Und wenn das getan war, warteten ihre Kinder auf sie im Sanatorium.

An den Abschied von ihrem Liebling Gloria durfte sie nicht denken. Noch nicht. Sonst brannten gleich die Augen und wurden feucht.

Immer öfter mußte der Vater die Schmerztabletten bekommen, manchmal warf er das volle Fläschchen Schnaps an die Wand und verfluchte es. Essen tat er fast nichts. Der Veit sagte, es wäre gut, wenn er es überstanden hätte.

Es war etwas wie Freude in Rosemarie, daß Veit den Vater schon vor seiner Trinkerzeit gekannt hatte. Den rechtlichen, pflichteifrigen, liebevollen

Vater. Sie könnte es nicht ertragen, wenn er nur vom zerstörten Vater wüßte.

Als Rosemarie Stunden später ihre Mahd wendete, kam Veit eben mit der Mähmaschine die breite Einfahrt hoch und winkte ihr zu.

Und dieses Zuwinken löste einen tiefen Frieden aus im Mädchen Rosemarie, und ihr war, als gäbe es keinen glücklicheren Menschen als sie.

Am Abend desselben Tages zog es Rosemarie mit Sehnen an das Grab der Mutter. Nicht nur weil sie erzählen mußte vom ehrlichen, einsichtigen Veit Troller, sondern weil die Kränze abgeblüht waren und an Verwesung erinnerten. Sie hatte einen Tragkorb voll großgesichtiger Schweizer Tag- und Nachtveigerl bei sich, die sie auf Geheiß der Mutter noch angesät hatte. Es gab kein schöneres Grab auf dem herrlich gelegenen Gottesacker als das vom Eberhard Zunderer und der Mutter. Bis der Schnee es deckte, lag es unter einem Blütenmantel.

Rosemarie kniete am Grabhügel und bepflanzte ihn neu. Und bei ihrer Arbeit redete sie mit ihrer Mutter, als wenn sie an ihrem Bett säße.

„Mutter, bist jetzt ganz weit fort. Aber ich weiß, ich spür, daß du mich genauso hörst, als wär ich in deiner Kammer.

Siehst du, Mutter, nun hast du dich doch geirrt im Veit. Er ist besser als die Leut meinen. Er hat mir alles gesagt, ohne daß ich ihn gefragt hab danach. Er will mir mein Kranzl lassen bis zur Hochzeit. O

Mutter! Wenn du doch bei mir sein könntest, wenn ich deine Tracht anlege für den Altar! Mein wunderbares Kreuz vom Vater meiner Gloria, hab dir soviel von ihr erzählt, hab ich bei mir und leg es auf deine Graberde. Dann ist mir, als sei es gesegnet von dir.

Daß ich dein Grab hab – bald wird auch der Vater bei dir und beim Eberhard liegen –, das ist das Schönste von der Heimat. Mich hätte das Heimweh danach, im Tiefland unten, wo meine Gloria lebt, umgebracht. Du weißt, wie glücklich deine Rosemarie ist, du weißt es.

O Mutter! Ob du je so glücklich gewesen bist, wie ich es bin?"

Und Rosemarie hörte die Antwort ohne Worte: ‚Ja, Kind – auch ich war glücklich, wie du es jetzt bist. Die wirkliche große Liebe ist einmalig im Leben und ist nicht vielen zugedacht. Rosemarie, du hast das Glück verdient. Schon um des Vaters willen. Aber fürchte dich nicht. Meine Liebe und meine Kraft reichen auch jetzt noch zu dir.'

*

Ungefähr zur selben Zeit saß der alte Troller wieder am Bett seiner Bäuerin, die immer öfter nach der Rosemarie fragte.

Sie hatte das seltsame Empfinden, daß die Hand der Rosemarie ihr gestern abend die Schmerzen genommen hatte.

Der Bauer, dem sie das sagte, lachte nachsichtig in sich hinein.

Wenn schon die besten Ärzte in München nicht helfen konnten, wie sollte da die Hand eines jungen Dirndls helfen!

Der Bastian Troller, Großbauer zu Gaißach, war ein nüchterner Mensch. Träume, über das alltägliche Leben hinaus, hatten ihn nie belastet und auch nie gesegnet wie seine Bäuerin Kathrin. Ihr war der sechste Sinn gegeben für das, was da lebt zwischen Himmel und Erde, zwischen Diesseits und Jenseits. Ihr war das offene Gespür geblieben für die innere und äußere Not eines Menschen, das einfache, aus der Kraft des Herzens genährte Helfen, um dessentwillen Christus am Kreuz gestorben ist.

Darum war ihr Glaube so felsenfest, so unbegrenzt und wurde ihr zu einem Strom der Kraft in den Tagen und Nächten des Leidens.

Der Bastian Troller hatte andere Gedanken, weniger tiefe.

Ihn hatte heute in Wackersberg die Traudl Emmenrieder, einzige Tochter und Erbin des Emmenrieder Hofes mit 400 Tagwerk Land und Wald, auf der Straße angesprochen. Sie hätte mit ihm zu reden, sagte sie. Eigentlich ginge es ja seinen Sohn Veit an, der aber lasse sich Zeit, sie habe ihm schon zweimal geschrieben, er solle kommen.

Da dächte sie, vielleicht sei die Angelegenheit beim Vater besser angebracht. Er solle mit ihr in die

Stube kommen, denn das, was zu reden sei, passe nicht auf die Straße.

Da saß er nun in einer der schönsten Bauernstuben, die man finden konnte: mit einem echt Inntaler Kachelofen und eichener Bank darum, die Wände bis zur Hälfte der Stubenhöhe mit zirbenem Naturholz bestückt, und die Deckenbalken, handgeschnitzt von einem Könner, waren altersbraun.

Geweihe, Krückl und Rehkronen, Auer- und Birkhähne schmückten die Wände, sogar eine präparierte Wildkatze, geschossen auf der Wackersberger Gemeindejagd 1846, bezeugte das Weidwerk gewesener Emmenrieder.

Die Traudl trug dunkle Kleidung, der Vater und Emmenriederhofbauer war erst vor zwei Monaten seiner Bäuerin nachgestorben.

Ein weitschichtiger Vetter aus dem Tiefland war eingesprungen für die dringlichsten Arbeiten, und er verleugnete die Absicht, zu bleiben, keineswegs.

Aber die Traudl mochte ihn nicht. Sie liebte Mannsleute mit breiten Schultern und schmalen Hüften, mit eisernen Flachsen und breiten Knien. Es mußte einer sein, der nicht lang umeinanderstrich, sondern einer, der sie einfach herriß und sich nahm, nach was ihn gelüstete. Genauso einer, wie der Veit Troller es war.

Sie hatte ihn einmal Zither spielen hören beim Altwirt und brannte lichterloh. Da der Veit kein Spielverderber war, nie und nirgends, war es eben passiert. Die paar Jährchen, die sie älter war als er, waren kein Grund, daß er sie ablehnte. Und nun drängte sie auf eine schnelle Heirat. Sie war schon im dritten Monat schwanger.

Von Liebe war keine Rede gewesen, der Veit war auch nie auf den Hof zu ihr gekommen. Er hatte sie heimbegleitet, und sie hatte absichtlich einen Umweg gemacht. Da wußte sie ein heimliches Platzerl, mit sonnenwarmem Moos gepolstert und grünen Fliederstauden darüber.

Die Traudl Emmenrieder hatte das Lebensgierige von ihrem Vater mitbekommen. Nun, da sie alleinige Erbin geworden war und eine der besten Partien im Isarwinkel, erkannte sie sich das Recht zu, zu nehmen, nach was sie verlangte.

Ohne Hemmungen, ohne jedwedes Schamgefühl erklärte sie dem Trollerbauern von Gaißach, daß sie auf einer baldigen Hochzeit bestehe, auf welchem Hof sein Sohn zu heiraten wünsche, überlasse sie ihm.

Wenn sie auf dem Trollerhof Einzug halte, werde der Emmenriederhof in sichere Hände verpachtet.

Der erste Hoferbe sei ja bereits unterwegs.

Die Traudl Emmenrieder hatte eine Flasche Enzian mit zwei Gläsern auf den Tisch im Herrgottswinkel gestellt, aber der Trollerbauer lehnte ab. Es kam alles zu plötzlich auf ihn nieder, wie eine Schneelawine.

Hätte ihn einer gefragt, ob das gute oder das ungute Gefühl überwiege, er hätte keine Antwort zu geben vermocht.

Nicht nur einmal hatten seine Bäuerin und er darüber geklagt, daß der Veit überhaupt keinen Sinn fürs Heiraten und Hofübernehmen habe, daß es doch an der Zeit wäre, daß sie mit achtzig Jahren auch einmal rasten könnten.

Eigentlich müßte Freude in ihm sein. Reine Freude aufs verdiente Austragleben und Zuschauen, wie die Jungen werken.

Aber wie er auch suchte danach, es war keine Freude da.

Etwas Wichtiges dazu fehlte.

War es die frauliche Würde, die seine Kathrin zum Beispiel vom ersten Augenblick an gehabt hatte?

Oder war das so in der heutigen Zeit, daß sich das Weib dem Manne anbot? War das außer Kraft gesetzt, daß der Mann um die Mutter seiner Kinder werben mußte, sie verdienen, vielleicht erkämpfen?

Daß er um sie werben wollte aus seinem ganzen Wesen heraus – als Mann und Eroberer?

Seine Kathrin hatte ihn auf Wartefrist gesetzt über ein halbes Jahr. Es war, als hörte er sie jetzt noch sagen, nach einem halben Jahrhundert: ‚Bastian, ich will meinen Myrtenkranz tragen. Will nicht mit einer Lüge vor dem Altar stehen. Du kannst bis zur Hochzeit beweisen, daß ich dir ein Opfer wert bin. Auch daß du Manns genug bist, Versuchungen zu widerstehen. Ich denk, die Narretei vergeht, die Achtung voreinander aber muß bleiben.‘

Diese Achtung vor seiner Bäuerin war doch hin und wieder ein fester Stecken gewesen, mit dem er auf dem rechten Weg als verheirateter Mann geblieben war.

Der Trollerbauer horchte in sich hinein und wunderte sich, welch widersprechende Gefühle in ihm rumorten. Vielleicht daß die Kathrin alles wieder ins Gleichgewicht brachte, sie hatte nie viel geredet, aber was sie sagte, hatte Gewicht.

Er räusperte sich, als wenn ihm etwas im Halse steckte und fing an zu reden.

„Kathrin – was tätst du sagen, wenn auf den Trollerhof die Emmenrieder Traudl von Wackersberg als Bäuerin käm?"

Und er erzählte in die großen, immer noch schönen Augen seiner Gefährtin, was sich in Wackersberg zugetragen hatte.

Die Kranke lag erhöht in ihren Kissen, denn die vielen Schmerzen hatten ihre Runen in das alte Gesicht gezeichnet. Wer es still betrachten würde, der stünde ergriffen vor diesem Menschenbild.

Vom Schuppen herauf hörte man den Veit vor sich hinpfeifen. Es war ein irgendwie verändertes Pfeifen gegen früher. Der Veit, das wußte der Troller Bastian, holte seine Melodien nicht vom Notenblatt, sondern aus seinen jeweiligen Stimmungen. Weiß der Deixl, woher er das hatte!

Etwas wie Erleichterung überkam ihn, wenn er an die resolute, selbstsichere Art der Traudl Emmenrieder von Wackersberg dachte. Die würde dem Luftikus schon Herr werden!

In diese beruhigende Feststellung hörte er die Kathrin sagen:

„Bastian – das ist keine gute Nachricht, die du da bringst. Es ist mancher Gaißacher, der mit der Traudl Emmenrieder in die Stauden gegangen ist, das ist erwiesen.

Offen prahlen die Burschen damit am Wirtstisch, man hat's der Traudl zugetragen, aber sie hat sich nie gewehrt dagegen. Hättest du dir eine solche als Bäuerin auf den Trollerhof geholt?"

Dem alten Troller war der hagere Kopf auf die Brust gefallen, als hätte große Müdigkeit ihn übermannt. Sein Hof, der Trollerhof, wäre ohne Söhne ohne den Veit. Wenn Gott es so wollte, so konnte er kurze Zeit leben ohne Söhne. Nie aber ohne Ehre.

Konnte einer zukünftigen Trollerbäuerin vielleicht einer, der draußen vorbeiging, über den Zaun zuschreien: ‚Traudl, Trollerin, wie wär's, gehen wir wieder einmal in die Stauden?'

‚Herrgottsakrament! Muß es gerade die sein – gerade die!'

Aber ihren Hof hatte sie blitzblank in Ordnung. Arbeiten konnte sie. Und wenn man die Gründe und Waldungen beider Höfe zusammenrechnete, so war der Veit, der leichtlebige Malefizbub, der größte Bauer vom Ursprung der Isar an bis hinunter nach München.

Für den Preis konnte man schon einen Makel in Kauf nehmen. Und ein sauberes, vollbusiges Frauenzimmer war die Traudl Emmenrieder. Die würde ihm sein Bremsigsein schon abgewöhnen.

Er hätte ja auch lieber eine Schwiegertochter auf den Hof bekommen von der Sauberkeit seiner Kathrin. Ein schmieriger Witz blieb einem da im Halse stecken, auch wenn man einen über den Durst getrunken hatte.

Er hatte nie Sorge haben müssen, daß seine Bäuerin mit dem jungen, blitzsauberen Knecht zu freundlich sein könnte. Sie war ganz so gewesen, wie sich ein redliches Mannsbild eine wirkliche Frau vorstellte.

In seine Gedanken hinein sagte die Kathrin leise: „Es wird uns zwei Alten nicht zum Besten gehen, hat die Traudl die Herrschaft auf dem Hof. In Wackersberg erzählt man, sie sei geizig."

Die abgemagerten Hände der Trollermutter lagen nebeneinander auf der karierten Bettdecke, und dem Mann, der sie liegen sah, kam der seltsame Gedanke, daß sie, wenn sie hinübermußte in die andere Welt, nur ihre Hände vorzeigen brauchte, und es würde ihr aufgetan.

Die eben verratene Angst seiner Bäuerin rührte ihn an wie eine dunkle Drohung. Seinem Schulkameraden, dem Einödhofer, hatte die junge Bäuerin sein Austräglerleben zur Hölle gemacht.

Der raffgierigen Schwiegertochter lebte der arbeitsunfähige Altbauer zu lange.

Daß er gerade jetzt an den Freund und Schulkameraden denken mußte?

Auch dieser hatte seiner Frau ins Grab schauen müssen und war der Güte oder Härte einer Schwiegertochter preisgegeben. Sicherlich, es war dies ein Einzelfall – Gott sei es gedankt.

Auch er, der harte Troller, wie sie ihn heimlich nannten, würde seiner Bäuerin ins Grab schauen müssen. Sie lag wie ein Leidensbild seit Monaten, ihre Lippen, schmal wie ein Strich, waren so blau wie Moosbeeren. Und die Adern auf den hageren Händen wurden von Tag zu Tag höher und dunkler.

Die Steffa trug das Eßschüsselchen fast unberührt täglich wieder die Stiege hinunter. Lange würde er seine Bäuerin nicht mehr neben sich haben. Ein innerer Schmerz, wie er einen solchen seit vielen Jahren nicht mehr verspürt hatte, ließ ihn zusammensinken. Der Gedanke, die guten, großen Augen seiner Kathrin nie mehr auf sich ruhen zu sehen, hatte plötzlich etwas Erschreckendes. Die Jahre, wo sie unterm Trollerhofdach gemeinsam gezittert hatten vor Hagelschlag, Waldbrand und Wildwasserschäden, standen vor ihm auf.

Wie sehr er auch suchte in seiner Erinnerung, er fand keine Stunde, wo seine Bäuerin Kathrin mutlos geworden wäre oder gar verzweifelt. Immer hatte sie das rechte, kraftgebende Wort zur rechten Stunde gehabt, und ihr felsenfester Glaube steckte ihn an.

Wenn er es so recht bedachte, war sie die Stärkere in ihrem gemeinsamen Leben gewesen. Ja, sie, die immer ruhige, nie streitende Trollerbäuerin war der wirkliche Brunnen der Kraft und der steten Zuversicht.

Er hatte es hingenommen wie etwas Selbstverständliches, etwas Alltägliches, für das man nicht zu danken brauchte. Nun, in der Stunde der Selbsterkenntnis, empfand er dies wie eine Schuld, die noch nicht abgetragen war.

Eine Welle von Innigkeit hob seinen Arm und führte seine Hand zum dünngewordenen Scheitel der Frau, die sein bester Kamerad durch ein ganzes Leben gewesen war. Er hatte nie nach Lohn oder Dank gefragt, dieser Kamerad, nie nach einem Geschenk oder einer Belobigung.

Oder vielleicht doch? Hätte es ihr vielleicht gut getan, wenn er seine Hand so wie jetzt auf ihren Scheitel gelegt hätte? Wenn seine andere Hand, so wie jetzt, ihre beiden Hände, die so blutleer und todmüd auf der Bettdecke lagen, gestreichelt hätte?

Etwas wie Scham hinderte ihn, danach zu fragen. Statt dessen sagte er, und seine Stimme war dabei zittrig:

„Kathrin – eine Frau und Bäuerin, wie ich g'habt hab an dir, hat unter Tausenden einer. Hätt es dir vielleicht schon früher manchmal sagen sollen. Es ist – es ist nicht jedem gegeben, das Schöntun."

Die Augen der Kathrin füllten sich mit einem wundersamen, inneren Leuchten.

„Dann ist's recht, Bastian, daß du zufrieden g'wesen bist mit mir", sagte sie.

Bis in die Ehkammer der Trollerleute fiel das rotgoldene Gluten des Abends. Der ganze Duftschwall reifender Wiesmahd drang mit herein.

Der Veit hantierte immer noch unten im Schuppen, er würde ein neues Schneidmesser in die Mähmaschine einsetzen.

War vielleicht gut, wenn die Mutter es auch hörte, was er mit dem Burschen zu reden hatte.

Der Trollerbauer ging zum Fenster, beugte sich hinaus und schrie:

„Veit, komm herauf in die Kammer, aber gleich!“

Der Veit wehrte mit guten Worten den Hofhund, der mit ihm spielen wollte, ab, wischte die Hände an einen Lappen und schrie zurück:

„Komm gleich!“

Als er kurz darauf die Kammertür öffnete, lächelte ihm die Mutter entgegen. Der Vater aber schaute ihm nicht ohne Ernst ins Gesicht und sagte:

„Veit, du wirst selber einsehen, daß die Mutter und ich den Hof nicht mehr schaffen. Die Steffa tut, was sie kann, trotzdem muß eine junge Bäuerin ins Haus. Bin also einverstanden mit deiner Wahl. Hätt ja nicht grad die Emmenrieder Traudl von Wackersberg sein müssen – eine weniger Lebfreudige hätt mir besser g'fallen auf dem Trollerhof – du weißt, was ich meine.“

Der Veit war trotz seiner Sonnenbräune blaß geworden, seine Augen wurden ganz dunkel vor Erregung.

„Von was – redest du denn da!“

Der alte Troller tat ein paar Schritte auf ihn zu, und seine Stimme war schneidend wie Glassplitter:

„Willst leugnen, daß du die Hofbesitzerin vor drei Monaten geschwängert hast? Heut hat sie von mir, deinem Großvater, verlangt, daß die Hochzeit so bald wie möglich sein soll. Du hast ja auf ihre Briefe nie geantwortet, hast dich auch nicht sehen lassen."

Der Veit mußte sich selber eingestehen, daß es so war. Eine würgende Angst überfiel ihn. Eine Panik, daß sein himmelblaues Glück mit der Rosemarie in Gefahr kommen könnte, preßte sein Herz wie mit einem eisernen Ring.

Die Mutter in ihrem Krankenbett sah, wie der Bub litt. Ihr Arm streckte sich aus nach ihm, und sie sagte hellseherisch:

„Hast eine andere gern, Bub, dann sag's!"

„Ja, Mutter – ja! Die Rosemarie ist's, hab noch nie eine so gern g'habt. Bin ein ganz anderer seitdem! Die wird meine Bäuerin oder keine."

„Kriegt die vielleicht auch was Kleines?" Der alte Troller riß den Veit am Schultergelenk zu sich herum – seine Augen versprachen nichts Gutes.

Und der Veit stellte sich mannhaft, er mied den Blick des Vaters nicht mehr.

„Hab sie noch nicht angerührt, die Rosemarie, sie ist anders als alle, die ich g'nommen hab, weil sie es nicht anders wollten.

Die Rosemarie ist – ist so wie die Mutter", und er wendete sich der Kranken zu, umspannte ihre Hand und bat:

„Du verstehst mich vielleicht, Mutter, du weißt vielleicht, daß ich eine Rosemarie brauche, um den Frieden zu finden und ein glücklicher Mensch zu werden.“

„Die Rosemarie?“ Der alte Troller mußte sich setzen. – Die Rosemarie! War nicht lang her, daß sie da vor dem Bett seiner Kathrin gesessen hatte, die sogar behauptete, die Hand der Rosemarie oder ihr Beten habe ein Wunder bewirkt. Seit dieser Stunde sei der furchtbare Krampf im Kopf nicht mehr gekommen. Wenn es so bliebe wie jetzt, könnte sie nochmal ein bissel Freude am Leben haben, ohne Angst.

Die Rosemarie also! Der Mann im Bastian Troller öffnete sein Herz, ohne daß er es wollte. Ja, das Dirnei war wie ein Engelsbild. So wie sie könnte die junge Maria, die Gottesmutter, ausgesehen haben, als ihr der Engel die Botschaft brachte.

Hatte nicht vor einem halben Jahrhundert seine Kathrin das gleiche unschuldige Geschau gehabt, das ihn nicht mehr losgelassen hatte? Und war es nicht wirklich ein rechtes Leben gewesen mit dieser Kathrin?

Aber er hatte der anderen, der mannsnarrischen Traudl Emmenrieder, sein Wort gegeben, daß sein Veit sie heimführte als Bäuerin vom Trollerhof. Der Veit hatte nicht bestritten, daß er sie geschwängert hatte.

Nun mußte der Bub einspringen für das, was er angerichtet hatte.

Nie, in fast dreihundert Jahren, hatte ein Troller ein Mädel mit einem Kind sitzenlassen. Das dicke Hausbuch im Herrgottswinkel bewies es. Im Kirchenbuch stand auch nichts.

Der Veit hatte das Leben bis jetzt genommen wie eine ununterbrochene Kirmes, leicht, lustig, voller Schmankerl. Wurde höchste Zeit, daß er in Hände kam, die ihn zügelten.

Der alte Troller stand wieder auf vom Stuhl, ein wenig mühsam, ging auf den Jungen zu und sagte:

„Die Rosemarie ist das bravste Mädel weitum. Ein Dirnei zum Gernhaben. Ich geb's zu. Aber da ist ein kleiner, werdender Mensch aus Trollerblut, der hat das Vorrecht. Schließlich ist die Traudl, was man ihr auch nachsagt, eine Großbauerntochter mit ordentlichem Besitz. Daß sie der Vater von ihrem Kind sitzenläßt wie die letzte Magd, das hat sie nicht verdient. Wenn du der Rosemarie die Heirat versprochen hast, so red mit ihr. Sie ist ganz sicher die letzte, die einem Kindl seinen Vater wegnimmt."

*

Der Veit taumelte wie ein Trunkener das Wegl vom Trollerhof zum Zunderersachl hinunter. Ihm war wie einem schwer Fieberkranken.

Die Rosemarie band eben den Rosmarinstock fest, er hatte noch nie solche Triebe gehabt wie in diesem Jahr.

Als plötzlich der Veit vor ihr stand, stockte ihr für den Moment der Herzschlag. Noch nie hatte sie in eines Menschen Antlitz eine solche Verzweiflung gesehen. Sie legte den Arm um ihn und zog ihn nieder aufs birkene Rastbankl, das um so viel wußte. Um glückliche Stunden, um Tränen des Leides und der Hoffnungslosigkeit, um Träume, gesponnen aus unschuldigem Lebenssehnen.

Graue Schatten breiteten sich schon über die Wiesmahden und Wälder rings, die ersten Sterne blinkten auf, und von der Filz herauf hörte man einen Moorvogel kreischen.

Und der Veit Troller berichtete, was geschehen war, verschwieg nichts, schonte sich nicht.

Er hatte seinen Kopf auf die Schulter der Rosemarie gelegt, und das Weinen schüttelte ihn.

Die Rosemarie wollte ihm sein Lockenhaar streicheln, da rutschte sein Kopf auf ihre Brust, von da auf ihren Schoß, und plötzlich kniete der Veit vor ihr auf dem alten Kopfsteinpflaster und wühlte seinen Kopf in ihre Dirndlschürze.

Eines begriff sie in dieser Stunde deutlich: Jetzt mußte sie diejenige sein, die stark blieb. Nur so konnte sie ihm helfen.

*

Innerhalb von wenigen Stunden wußte es das ganze Dorf.

Der Troller Veit heiratete die Traudl Emmenrieder aus Wackersberg. Und die ganz Interessierten waren sich einig: Hof kommt zu Hof, Geld zu Geld, wie es schon gewesen ist, als die Bären noch die Isarauen unsicher gemacht hatten.

Die zukünftige Trollerbäuerin lachte lauter als jemals zuvor, der Bräutigam aber schien plötzlich um Jahre gealtert.

Er sollte es abgelehnt haben, die standesgemäße, große Bauernhochzeit zu halten, im Hinblick auf das kurz zurückliegende Sterben seines Brautvaters, des Servaz Emmenrieder.

Das stand nicht gegen den Brauch. Man erkannte es an, wenn auch widerwillig.

Daß die Traudl Emmenrieder aus Wackersberg ein kerngesundes, stämmiges und sauberes Weibsbild war, konnte keiner leugnen.

Bloß steckten an ihrem Hochzeitstag die Burschen in und um Wackersberg die Köpfe zusammen, und was sie miteinander zu zischeln hatten, hätte der Bräutigam Veit Troller nicht hören dürfen.

Er ging neben der strahlenden sieghaften Braut her wie ein zum Tode Verurteilter. Der alte Trollerbauer sah es, und es wurde ihm eng um die Brust. Aber der leichtfertige Malefizbub hatte es sich selber zuzuschreiben. Der Ruf, den die Traudl Emmenrieder hatte, war ja ganz bestimmt kein Geheimnis im Dorf.

Etwas wie Zorn stieg in ihm hoch, daß der Bub seinem Befehl nachgegeben hatte, daß er sich Althergebrachtem gefügt hatte und ein Dirndl zur Trollerbäuerin machte, an dem ihm nichts lag.

Hinten, im Jägerdorf Fall, im abgetragenen und wiedererbauten Kirchlein, hoch über dem Sylvensteinsee, war die Trauung.

Die Braut war die einzige, von der etwas wie Freude ausstrahlte, über allen anderen lag ein unsichtbarer Druck.

Außer dem Trollervater, zwei Schulkameraden des Veit als Zeugen, dem Taufgodl der Braut und dem Priester war keiner anwesend im kleinen Gotteshaus.

Im ‚Jäger von Fall' war das Essen bestellt. Die Kellnerin wunderte sich, wie verschieden die Brautleute waren. Vergnügt und voller Lebendigkeit die Braut, verschlossen und ohne einen freundlichen Blick der Bräutigam.

Wenn die reiche Emmenriederhoferbin aufgekratzt eine Frage an ihren eben angetrauten Mann richtete, so schaute dieser weit über sie hinweg und antwortete knapp und verdrossen.

So kamen alle am Tisch in keine festliche Stimmung, und obwohl das Essen ausgezeichnet war und der Wein vom besten, es kam keine Stimmung auf.

Der Bräutigam schaute als erster immer wieder auf die Uhr, und allmählich begann die Braut die Kälte ihres zukünftigen Mannes zu spüren.

Aber die Traudl war eine von der rauhen Art, ohne weichen Kern, und sie dachte irgendwie schadenfroh:

‚Dich krieg ich schon dahin, wo ich will, hochnäsiges Bürschl!'

*

Rosemarie wußte, daß die Trollermutter allein oben in ihrer Ehkammer lag und ein schweres Herz hatte.

Es müßte notwendig das Kartoffeläckerle gehackt werden, das Gemüsegarterl gejätet und nachgedüngt, aber sie vermochte es nicht.

Wie mit eisernen Ketten zog es sie hinauf zum Trollerhof, wo eben die Steffa mit zornigen Bewegungen das Pflaster schrubbte.

Die Arme konnte nicht verstehen, warum sie der Veit nicht eingeladen hatte zur Hochzeit.

Sie hatte ihn doch mit aufziehen helfen – sie fühlte sich wie eine Mutter.

Rosemarie, die ein feines Gehör für Herztöne hatte, verhielt den Schritt, und ein erschütterndes Lächeln umspielte ihren Mund.

„Steffa, uns zwei hat man daheim gelassen. Ist besser so! Weißt, da sind viele, die es dem Veit übelnehmen, daß er eine ganz kleine Hochzeit hält. Aber darfst mir glauben, der Veit weiß, was er tut. Ist nicht allein darum, daß die Braut noch in tiefer Trauer steht, es ist, glaub ich, für ihn schwer, unter einem Haufen Lustiger, und wer wäre nicht lustig bei einer Hochzeit, den Fröhlichen zu spielen, wenn daheim die Mutter in ihren Schmerzen liegen muß. Du weißt doch, Steffa, wie der Veit an seiner Mutter hängt!"

Zorn und Ingrimm verschwanden aus dem Gesicht der Steffa. Ihre Augen wurden weit, und langsam erwachte darin Verstehen.

Sie ging auf Rosemarie zu und sagte mit gedämpfter Stimme:

„Du magst den Veit auch – gell?"

Gleich einer Flutwelle stürzte der Rosemarie das junge Blut ins liebliche Antlitz. Sie sah in der Riesin vor sich plötzlich nicht mehr die Behinderte mit stotternder Stimme, sie entdeckte in deren Augen die Sehnsucht einer reifen Frau ohne Liebe.

Sie würde in Zukunft sich mehr um die Steffa kümmern müssen, sie hin und wieder zu einem Spaziergang abholen und sie einfach erzählen lassen von ihren trüben Erinnerungen.

Rosemarie nestelte eine kleine silberne Brosche, die sie letzthin von der Oberschwester im Kinderheim geschenkt bekommen hatte, von ihrem Dirndlgewand und steckte sie der Steffa an ihre Arbeitsbluse.

„Schau, Steffa, daß du auch eine kleine Freude hast, heut am Hochzeitstag des Veit. Ja, du hast recht. Wir beide mögen ihn."

Die Augen der Steffa wurden geradezu schön in ihrer Freude.

„Hab – hab noch gar nie so was Schön's g'sehen, das mir g'hört."

Rosemarie verspürte in der Schwere ihres Herzens am Hochzeitstag ihres Geliebten eine Art Glück. Und es kam aus den Augen einer armen Magd.

Als sie die Kammertür öffnete, hinter der die Kranke lag, saß die Trollermutter angelehnt an einen Kissenberg und betete.

Die Trollermutter hatte in der Qual ihrer Gewissensnot nur eine Zuflucht: ihr Gebet.

Es kann eine Mutter nicht drei Söhne verlieren, kraftvoll und blühend wie junge Tannen im Bergwald oben, ohne diese Zuflucht.

Als sie die Rosemarie in der Tür stehen sah, öffnete sie ihre Hände und streckte sie der Besucherin entgegen.

„Daß du nur da bist, Dirndl! Hab immer geträumt davon, daß ich einmal ein Dirndl hab, wie du eines bist. So sauber, so fleißig und redlich, aber der Mensch verlangt immer zuviel.

O Rosemarie! Du tät'st erschrecken, wenn du wüßtest, wie's drinnen bei mir aussieht. Ich hätt nicht nachgeben dürfen, als mein Bastian verlangt hat, daß der Bub die Emmenriederin von Wackersberg auf den Trollerhof holt. Ich spür's, ich weiß, daß es nicht gut gehen kann.

Der Veit ist kein schlechter Mensch. Er ist nur leichtsinnig. Und arg bremsig, wenn's ums Weibliche geht.

Er braucht eine, die ihn wirklich gern hat und hilft, wenn es ihn umtreibt. Die es fertigbringt in linder Weise, daß er den Stutzen in Ruh läßt, wenn's über das Gaißacher Jagdgebiet hinausgeht. Alles sanft und mit Güte – anders ist beim Veit nichts zu erreichen."

Die Trollermutter mußte rasten – ihr Atem war kurz.

Die Rosemarie spürte eine Klammer ums Herz, aber sie verbiß die Tränen. Sie wußte, daß man Kranken niemals seinen eigenen Kummer zeigen darf, und wirklichen, bohrenden Kummer hatte sie nicht mehr seit der Stunde, da sie sich für ein winziges, werdendes Menschlein entschieden hatte. Einen auf diese Welt wollenden Trollererben.

‚Der schwerere Weg ist der rechte, wenn du am Scheidepunkt stehst', hatte die Mutter ihr einmal gesagt.

Da hörte sie die Trollermutter weiterreden:

„Ich weiß, wie gern dich der Veit hat. Noch nie vorher hat er so von einem Dirndl geredet wie von dir. Und jetzt muß das mit der Emmenriederin dazwischenkommen!

Mit dir wär der Veit ein glücklicher Mann geworden. So wirklich tief glücklich hab ich ihn erst gesehen, als er sich in dich verliebt hat.

Bei dir ist es ihm zum erstenmal in die Seel gangen. Weißt, Rosemarie, meine Jugend ist hart gewesen. Auch nicht die Zeit, daß man viel hätt denken können ans Verliebtsein.

Aber daß die große Liab einen Menschen wirklich verwandeln kann, das hab ich am Veit gesehen.

Wenn die Traudl Emmenrieder nur deine Augen hätt, Rosemarie, dann wär mir leichter ums Herz. Durch deine Augen kann man dir bis ins Herz schauen, in dein gutes, mitfühlendes Herz."

Wieder mußte die Trollermutter schweigen. Das viele Reden ermüdete sie. Aber da war noch so viel, was drückte, was wie ein Alp auf der Seele lag.

„Bei dir ist es gelegen, Rosemarie, nur bei dir. Wenn du ihm gesagt hättest, daß die Emmenriederin keine Frau ist für ihn, keine Bäuerin auf dem Trollerhof, wo die alten Maßstäbe von Brauch und Sitte noch Gültigkeit haben, dann hätte der Veit dem Vater nicht nachgegeben. Aber er ist am Abend, wo er vom Zunderersachl heraufgekommen ist, zu mir gekommen, hat sich auf den Stuhl da gesetzt und hat das Gesicht in den Händen vergraben.

‚Mutter', hat er gesagt, ‚Mutter, wenn mir einer meiner Kameraden erzählt hat von einer großen Liab, dann hab ich oft denken müssen: der arme Teufl, den hat's erwischt. Das passiert mir nie. Bis ich die Rosemarie zum erstenmal mit den Augen eines Mannsbilds gesehen hab und ihre Augen mich ang'schaut haben wie ein Wunder vom Himmel. So lang bin ich ausgekommen mit meinen vielen Liebschaften.

Jetzt interessiert mich keine mehr. Sie kann mir noch so deutlich winken! Nur eine weiß ich noch und seh ich noch: die Zunderer Rosemarie.

Und da sagt mir doch das Dirndl, als ich ihr alles gestanden hatt:

‚Veit, ich weiß, ich werd nie einen anderen halsen können. Aber ich glaub, das größere Recht an dir hat jetzt die Mutter von deinem Kind.'

Und sie bat mich, bis ich nachgab. Dabei war unser Traum so schön, der Traum von unseren Kindern. Ich spür seine Wärme solange ich lebe.

Keinen Neid soll ich haben auf einen anderen Mann, sagte die Rosemarie. Einen anderen Mann als mich würde es nie für sie geben.

Sie will ihr Zunderersachl weiterführen, ihre Tiere gernhaben und den kranken Kindern im Sanatorium ihre Märchen erzählen. Sie will auch nach dir schauen, Mutter, und später unsere Kinder in den Arm nehmen. Sie meinte, eine Frau sei nicht so geplagt mit – mit dem – wie ein Mann.

So hat sie geredet, Mutter, und ich hätt schreien können und mich martern für die Viertelstunde, wo ich mit der Traudl auf dem Moos gelegen hab.'

So hat der Veit geredet, Dirndl, genauso." Die Trollermutter schwieg, und Rosemarie tupfte ihr mit dem Taschentuch den Schweiß von der Stirn.

„Nicht mehr reden jetzt, Trollermutter! Es strengt Euch an."

Die todmüde, abgemagerte Trollermutter vermochte zu lächeln.

„Seit ich weiß, daß deine Hand mir den Krampf fortnimmt aus dem Kopf, bin ich frei von Angst. In den Augen der Traudl Emmenrieder ist nicht das

Mitleid wie in den deinen, Rosemarie. Was für ein Glück, daß man hinunterschreien kann zum Zundeersachl.

Wie mag's uns ergehen, uns zwei alten Leutl, bei dieser Schwiegertochter? Mein einziger kleiner Trost ist das Kind, das da kommen will. Ist schon so lange her, daß im Trollerhof ein Kleines gegreint und gelacht hat."

Ein großer, schwarzsamtener Hummeler kam durchs offene Fenster gebrummt, goldene Brustbänder umspannten seinen Leib, und sein Unterpelzlein schimmerte wie blauer Edelstein. Und die Kranke klagte:

„Es ist Sommer, und ich lieg da und bin für gar nichts nütze!"

„Trollermutter, so was dürft ihr nicht sagen. Ihr habt in eurem Leben mehr geschafft wie tausend andere", meinte die Rosemarie.

„Sag mir, Rosemarie, was glaubst du, wie's werden wird – ich möcht's wissen von dir. Gerade von dir."

„Ich glaub, Trollermutter, daß Ihr, wenn Euch der Herrgott einmal heimruft, nur Eure zwei Hände vorzeigen braucht, und das Tor zur anderen Welt wird dann ganz weit aufgemacht."

Die Trollermutter lächelte. Es war das Lächeln eines Menschen, der tief in sich die Gewißheit hatte, daß er auf seinem Erdenweg seine Pflicht getan hat.

„Trollermutter, macht Euch das Herz nicht schwer. Denkt immer dran, daß ich ganz nah beim

Trollerhof meine Heimat hab und zu jeder Stunde des Tages und der Nacht für Euch da bin.

Aber warum ich noch kommen bin. Hab mir denkt, heut, am Hochzeitstag von eurem Veit, sollt Ihr auch was Besonderes zu Mittag haben.

Ich weiß von meiner Mutter, daß Ihr nichts lieber eßt als gebackene Brätknöderl, weil's die gegeben hat zu Eurer Hochzeit und Ihr heut noch davon schwärmt. Ich hab sie Euch gemacht in guter Fleischbrüh, und wenn ich wüßt, daß sie Euch schmecken, wär mir das heut die größte Freud. In einer Stund bring ich sie herauf im Kannerl. Und die ersten Gartenerdbeeren aus meinem Garterl als Nachspeis – Trollermutter, so kleine Freuden ernst nehmen, mein ich, macht den Werkeltag schöner!"

Sie schüttelte das Kopfkissen liebevoll zurecht, zärtelte das faltenreiche, blutarme Gesicht der alten Bäuerin und ging.

*

Auf der Heimfahrt zum Trollerhof wurde nicht gesprochen. Die Jungvermählte starrte schweigend zur Seite, wo der Bergwald in einen azurblauen Himmel wuchs, und der junge Ehemann am Steuer saß mit einem Gesicht wie versteinert. Es war nichts mehr da von seiner himmelblauen Lebensfreude, seiner Sieghaftigkeit und der Gabe, alles leicht zu nehmen.

Es war, als hätten sogar seine blitzblauen Strahlaugen ihren Glanz verloren.

Winkel lag bereits hinter ihnen, auch Fleck und Anger.

Die Zinnen des Hohenburger Schlosses blinkten matt durch den herrlichen Park, und die quellklaren Wasser des Hirschbachs schäumten unter der Brükke auf wie flüssige Perlen.

Der alte Trollerbauer saß neben der Godin der Braut und wußte auch nichts zu reden. Ihm war, als trage er einen Stein in der Brust.

Wenn er das Gesicht der Emmenrieder Traudl betrachtete, würgte ihn etwas im Halse, als sei er von einer Faust umspannt.

Und er dachte unentwegt an die Rede von seiner kranken Bäuerin.

Seine und ihre Zukunft lagen vor ihm wie eine düstere Wolkenwand, in der man den Hagel fürchtete.

Indes hoffte die Braut, daß der Veit im Brauneckhotel in Lenggries mit ihr und den andern Kaffee trinke, des Hochzeitstags würdig.

Aber der fuhr mit steinernem Gesicht durch den schönen Ort, am rechten Ufer des Flusses entlang, betrachtete weder die Wiesenmahden kurz vor dem Schnitt, noch die herrlichen Blumenbalkone der breitgelagerten Herrenhöfe.

Lange vor der erwarteten Zeit kam der Brautwagen die Auffahrt zum Trollerhof herauf, und jetzt erst bemerkte die junge Bäuerin, daß das rosenrote

Nelkengesteck nicht mehr auf der Kühlerhaube befestigt war.

Als ob diese Tatsache ein böses Omen sei für den Beginn des Weges zu zweit, fragte sich die neue Trollerhofbäuerin, ob es nicht besser gewesen wäre, sie hätte sich des kommenden Kindes entledigt.

*

Die junge Bäuerin stieg aus voller Grimm, und der Ehemann rührte keinen Finger, um ihr zu helfen. Der Altbauer sah es und nahm sich vor, mit dem Sohn zu reden, noch bevor die Nacht über den Bergen aufzuleuchten begann. Die Schwiegertochter ging vor ihm aufs Haus zu, und jeder ihrer Schritte war ein Aufbegehren ohne Worte.

Der Jungbauer des Hofes, der nun an ihrer Seite gehen müßte, brachte im Schuppen den Wagen unter, und dem Vater schien, er könnte schneller damit zu Rande kommen, um seine junge Frau an der Hand selber durch den Türstock des Hauses zu führen.

Da stand riesig die Steffa in ihrem Sonntagsgewand und hatte einen Buschen Wald- und Wiesenblumen in der Hand, so bunt und groß und strahlend, daß die neue Trollerhoferin, versöhnlich angerührt, sagte:

„Du bist sicher die Steffa. Nett, daß du dir soviel Mühe gegeben hast. Blumen sind vor der Heuernte rar."

„Die meisten hat die Rosemarie brockt für den Strauß. Sie hat wollen, daß du einen Blumenstrauß kriegst beim Eintritt in den Trollerhof, Bäuerin!“

Der Altbauer wurde blaß unter seiner Bräune, als er es hörte. Diese Rosemarie!

Und er bereute wieder, daß er derjenige gewesen war, der den Sohn zur Hochzeit gezwungen hatte. Sehnsucht überkam ihn, seine Frau und Bäuerin zu sehen, ihren guten Blick zu spüren, so daß er die Traudl am damastenen Schalkärmel festhielt und in bittendem Ton zu ihr sagte:

„Traudl, wär mir recht, wenn wir erst der Mutter Grüß Gott sagen täten. Sie will dir sicher Glück wünschen.“

Die Traudl tat einen bitterbösen, blitzschnellen Blick zum Schuppen, aber man sah keinen Ehemann mit Namen Veit Troller.

So gingen sie miteinander die eichene Stiege hoch. Hirschgeweihe hingen an den Wänden und Rehkronen. Die junge Frau wunderte sich, daß die Läufer geradezu kunstvoll gewebt waren, die auf dem Emmenriederhof waren einfacher und weniger farbenbunt. Das Sonnenlicht fiel im breiten Strahl durch die siebenfarbigen Gläser der Gangtür, die zum Balkon führte, auf dem viele Meter dreifach gestellte Sommerblüher prunkten. Sie wußte, daß diese Pracht dem Veit zu danken war, ganz Gaißach wußte es.

Etwas wie Stolz kam sie an, daß sie nun zweifache Hofbesitzerin geworden war mit ihrer Heirat.

Da öffnete der Altbauer bereits die Tür zur Ehkammer und Krankenstube und ließ die Schwiegertochter eintreten.

Die Altbäuerin Kathrin sah der Schwiegertochter entgegen mit Angst im Blick. Sie sah ihren schönen Wuchs, ihre Jugend und spürte ihre Kraft. Arm und Hand zitterten, als sie diese ausstreckte, auch ihre Lippen zitterten, als sie geknebelt sagte:

„Schwiegerin, der Herrgott segne deinen Einzug." Es hörte sich an wie ein Gebet. Aber die Augen voll Ingrimm wandelten sich nicht. Die Armseligkeit der zum Liegen Verdammten hatte nicht die Macht, der neuen Bäuerin ein freundliches, gütiges Wort zu entlocken.

Die Trollermutter spürte ihr Herz im Leib wie eine Wunde.

‚Herrgott im Himmel – mach du alles recht, mach, daß sie Mitleid hat mit einem kranken Leut. Oder hol mich heim zu meinen drei Buben. Ich bitt dich!'

Die junge Bäuerin sah, daß die Kranke lautlos betete und ihr Blick in weiter Ferne ruhte.

Aber sie dachte unbewegt: ‚Zur Krankenschwester hab ich keine Zeit. Dazu ist der Trampl recht, die Steffa!'

Der Altbauer stand daneben, und auch er spürte die Kälte, die ausging von der Jungen und Blutvollen. Es wurde ihm voll bewußt, daß er mit seinem eigenen Fleisch und Blut, dem Veit, weniger Mitleid gehabt hatte als mit der leichtlebigen Besitzerin des Emmenriederhofes. Aber nun war es zu spät. Wenn der Bub auch vor dem Altar leis und widerstrebend sein Ja gesagt hatte, der Schwur war getan.

In die unerträgliche Stimmung platzte die Steffa herein und stotterte mit hochrotem Kopf: „Hab – hab Kaffee und Kuchen deckt!"

Nur allzugern verließ die Traudl Troller die Kammer mit den mannsstarken dunklen Balken an der Decke. ‚Das ist das erste, was ich ändern laß', nimmt sie sich vor.

Die Steffa hätte den Kaffeetisch in der guten Stube nicht so einladend herrichten können. Der Willkommensblumenstrauß stand im alten Zinnkrug inmitten, das Biedermeiergeschirr aus dem Glaskasten war seit der Hochzeit der Trollermutter nicht mehr in Dienst gewesen.

Die Altbäuerin hätte das nie den Händen der Steffa anvertraut. Sie hatte die Rosemarie darum gebeten und nicht bedacht, welch ungeheure Kraft sie dem Dirndl abverlangte.

Nur das Bestreben, die zukünftige Herrscherin über den Hof würdig genug zu begrüßen, war in diesen Stunden für sie vorherrschend gewesen.

Und nun war sie gegangen und hatte ihr, der Altbäuerin, zum Abschied nicht mal die Hand gegeben.

Die Jungbäuerin mußte mit dem Altbauern und der Magd Steffa allein Kaffee trinken. Der junge Ehemann blieb wie vom Erdboden verschwunden. Bastian Troller ging bleich vor innerer Erregung durchs Haus.

Der Bub wird doch nicht – er wird doch nicht schon am ersten Tag, als verheirateter Mann, unten im Zundererersachl bei der Rosemarie hocken? Von leidenschaftlichen Liebesgefühlen war der Troller Bastian nie geplagt worden. Nun aber stand er vor der Wandlung seines Hoferben mit wahrer Erschütterung. Bis zum Tag, da er wußte, daß er heiraten mußte, des Kindes wegen, war der Veit doch der reine Sonnenschein für den Hof gewesen. Jeglicher Ärger hatte nie lange gedauert.

Nie ließ der Veit sich in einen Streit ein. Oft brachte er in Nachtarbeit seine versäumten Schaffensstunden wieder ein, und wenn das nicht ging, hatte er für den Zürnenden ein paar gute, liebe, versöhnende Worte bereit. Half das nicht, holte er seine Klarinette und spielte seine bezauberndsten Stückl, bis im ganzen Trollerhof wieder Gutwetter war.

Dem Altbauer war es, als sei er seinem Nachfolger Veit noch nie so von Herzen gut gewesen. Etwas von der Tragik der beiden Liebenden rührte ihn an, und er fühlt sich schuldig.

*

Ganz oben, wo man vom Gaißacher Bergsattel hinüberschauen konnte ins Tegernseer Gebiet, stand das jahrhundertealte verwitterte Wegkreuz.

Ein primitives, aus dürren Stangen zugehauenes Bankerl stand darunter.

Das war die Stelle, wo der zukünftige Trollerbauer auf die Zunderer Rosemarie gewartet hatte, um ihr von seiner Liebe zu sagen und auf die sie dann verzichtet hatte.

Da hatte die Rosemarie nun geglaubt, sie habe recht getan, auf das unbeschreibliche Glück zu verzichten, mit dem Veit gemeinsam durchs Leben zu gehen. Damit sein Kind ins Leben konnte und einen Vater hatte.

Aber nun verfolgten sie die Zweifel von einer Stunde zur anderen.

Es war der Veit heute morgen bei Sonnenaufgang am Zaun ihres Blumengarterls gestanden, und sie hatte gezittert vor Angst, er könnte vielleicht hereinkommen.

Sie hatte sein Gesicht gesehen. Seine sonst so blitzenden großen Blauaugen waren dunkel vor Leid. Die Hoheit und Straffheit seines Leibes war fort, der ganze Mann schien plötzlich um Jahre gealtert.

Wie ein heimatloser Bettler lehnte er am Knüppelzaun. Sie mußte ihre beiden Hände um das Fensterbrett krallen, damit sie nicht zu ihm hinausstürzte und ihn in die Arme nahm.

Das war drei Stunden vor der festgesetzten kirchlichen Trauung gewesen. Als die Meßglocke läutete, war er gegangen.

Blutenden Herzens ging sie den schmalen Waldweg hoch, hörte das herrliche Konzert der Waldvögel und begann zu weinen.

Es war doch schwerer, viel schwerer, als sie geglaubt hatte. Bis zu dieser Stunde hatte sie nie in ähnlicher Wucht erkannt, wie freudlos sie bis jetzt gelebt hatte.

Angst krallte sich in ihr fest, daß ihrer beider Sehnen nacheinander stärker werden könnte als ihr ehrlicher Widerstand, auf dem rechten Weg zu bleiben.

Als Rosemarie um die drei Eichen bog, dahinter der Pfad ein Knie machte, sah sie den Veit in Gedanken versunken mit hängendem Kopf auf der Knüppelbank sitzen.

Ihr erster Gedanke war, kehrtzumachen und sich lautlos zu entfernen.

Aber es mußte der Mann ihre Nähe gespürt haben, die Tag und Nacht ersehnte Nähe. In seinem tränenüberströmten Gesicht vollzog sich eine Wandlung. In die Augen kam Glanz, in Wangen und Lippen Blut, der ganze Körper reckte sich, als empfinde er jetzt erst den herrlichen, lichtdurchfluteten, von Wohlgerüchen durchströmten Sommertag.

Das Mädchen Rosemarie sah, daß sein Festtracht-Plüschhut mit dem kostbaren Wachler darauf auf den Boden gerutscht war. Sie machte drei große Schritte auf das Bankerl zu und wollte ihn vom Waldboden heben.

Da spürte sie seine Arme wie Eisenklammern um ihren Körper, und ihr Leib wurde weich und hingebungsvoll.

Ein unbeschreibliches Glücksgefühl durchbrauste sie, daß sie denken mußte: ‚Das kann nicht von dieser Welt sein – nicht von dieser Welt.'

Doch diese Versunkenheit der jungen Rosemarie war nicht von langer Dauer. Sie riß sich empor und wußte nichts anderes mehr, als daß das nicht sein durfte, nicht nach Gottes und der Menschen Gesetz.

Sie selbst hatte Urteil gesprochen im Hinblick auf das Kleine, das noch Ungeborene.

Nun wollte sie auch die Last der andern kameradschaftlich mittragen. Sie wußte, daß über die junge Emmenrieder Traudl Gerüchte umgingen, aber sie kannte auch die alte Volksweisheit: ‚Nichts ist so gut und nichts so schlecht, aus der Nähe besehen.'

Seine junge, tüchtige lebfrische Bäuerin würde mit dem Veit einig werden, nicht nur über die Forderungen des Körpers, nein, auch in höheren Gefilden.

Die Rosemarie löste die Arme des geliebten Mannes von ihrem Leib, nahm seinen blonden Wuschlkopf in beide Hände und betrachtete ihn in Liebe: „Veit – darfst nimmer weinen! Es drückt mir das Herz ab. Du muß dich durchringen zum Willen und Glauben, daß alles gut werden wird."

Der Veit sagte kein Wort. Nur ein Stöhnen löste sich aus seiner Brust und verzitterte im grüngoldenen Frieden der blühenden Eichen.

Er lehnte sich an den Stamm der Muttereiche, und seine Stimme war die eines Fremden: „Rosemarie, ich wollt, ich hätte deinen Glauben! Ich weiß nur, daß ein gemeinsames Leben mit dir das Schönste wär, was ein Mannsbild sich wünschen könnte. Verflucht sei der Tag, wo mich die Emmenrieder Traudl zu Fall gebracht hat.

Mein Vater und meine Mutter mögen und schätzen dich, es hätt keinen Kampf gegeben mit ihnen wegen unserer Heirat.

Nur das Kind, dieses ungewollte Kind, von dem ich nicht einmal sicher weiß, ob es auch von mir ist, stiehlt alles, was mein und dein Leben schön gemacht hätte.

Oh, Rosemarie! Dirnei! Ich kann dieses Kind nicht mögen – ich kann es nicht. Und mein Hunger nach dir wird wachsen, ich spür's. Es gibt keine Lösung, wie ich es auch seh."

„Veit, es ist zu schnell über uns hereingebrochen. Nun bist du noch ganz umstrickt davon. Wenn du erst die guten Seiten deiner Frau entdeckt hast, wird dir alles leichter. Ich weiß, du liebst deinen Trollerhof, sie wird ihm vielleicht die bessere Bäuerin sein, als ich es könnte. Bin ja auch nur die halbe Portion von der zukünftigen neuen Trollerin.

Wir werden einander die besten Freunde bleiben, die es gibt. Zwei Nachbarskinder, wie sie überall sein sollten.

Und jetzt, Veit, jetzt gehst du heim zu deiner Frau. Gerade heut, am Hochzeitstag, hat sie ein hundertprozentiges Recht auf dich."

„Und du, Rosemarie, kannst wollen, daß ich mich zu ihr ins Bett leg und den verliebten Bräutigam spiel, wo es mich doch zu dir zieht mit tausend Ketten? Ja, bist du denn noch ein Dirndl aus Fleisch und Blut oder ein menschgewordener Engel ohne Begierden?"

„Nein, Veit, das bin ich nicht. Auch mich durchschauert es, wenn ich nur deine Hand spür. Aber ich habe mich entschieden für das Kindl, das sich nicht wehren kann, wenn Menschen über seinen Eintritt in diese Welt entscheiden.

Weißt, Veit", und Rosemarie lächelte, „ich hab von klein auf schon allweil den Schwächeren beispringen müssen.

Ich will beten für dich um Kraft, jeden Abend, bevor mir die Augen zufallen. Glaub mir, Veit, das rechte Beten ist wie ein Bergquell, aus dem man Zeit seines Lebens schöpfen kann.

Veit, jetzt mußt du gehen! Glaub mir, auch ich tät gern an deinem Hals hängen. Es gäb auch für mich nichts Schöneres.

Aber jetzt muß ich wissen, wo allein es zum Frieden führen kann für uns alle. Du wirst sehen, wenn erst das Kind da ist, dein Stammhalter, wird alles gut.

Sei nicht hart zu deiner jungen Frau, sicher liebt sie dich auf ihre Art. Jeder Mensch ist anders. Man darf deswegen nicht leichtfertig verurteilen. Ich bleib noch ein bissl, wir wollen den Leuten keinen Anlaß geben, bös über uns zu tratschen.

Meine Mutter sagte einmal: ‚Bleib nicht nur rein, meid auch den Schein.'"

Der Veit, dessen Augen brannten in Not und Ausweglosigkeit, machte ein paar große Schritte auf sie zu. Aber sie sprang zurück, und ihre Stimme wurde hart:

„Veit, sei ein Mann! Das, was du willst, kann nicht sein. Es brächte uns allen den Untergang. Auch dem Ungeborenen, dem Wehrlosen. Und nun geh!"

Der Veit Troller torkelte, als er den Hang hinunterging. ‚Er geht wie ein Rauschiger', mußte Rosemarie denken und preßte ihr Gesicht an den rauhen Stamm der Eiche, unter der sie nebeneinander gestanden hatten.

Nun konnte sie weinen. Nun sah es keiner – nur der stille, verschwiegene Wald.

Sie wußte, daß es hart sein würde, das Leben, zu dem sie sich entschlossen hatte.

Als sie den geliebten Mann in die Einfahrt des Trollerhofes einbiegen sah, machte sie sich daran, in Eile heimzugehen.

Im Zunderersachl war es seltsam ruhig. Der Duft der Klatschrosen und weißen Lilien wallte Rosemarie entgegen wie eine Woge. Sie würde auf Mutters Grab heut abend die Vase damit füllen; sie konnte freien Herzens ans Grab der Mutter gehen. Sie hatte den schweren Weg gewählt, den schwereren. Also den rechten. Und der Vater im Himmel würde ihr beistehen.

Etwas Unerklärliches hemmte ihre Schritte. Sie hätte es keinem erklären können, aber es war fast wie Angst, als sie den Schlüssel vom Türstock langte und die Tür öffnete.

Zaghaft ging sie den schmalen Gang entlang zur Schlafkammertür des Vaters. Hinter der Tür rührte sich nichts. Eigentlich war es die Zeit, wo seine Flasche leer geworden war. Da fing er immer an zu poltern und zu lamentieren, in uferloser Verbitterung Gott und die Welt zu verfluchen.

Die Wand seiner Kammer war bereits voller Dellen und Abschürfungen vom Anwurf der leeren Schnapsflaschen.

Eine unerklärliche Angst hinderte die Rosemarie, die Türklinke niederzudrücken. Ihr Herz klopfte in großer Erregung, und ihr war, als ob im Halbdämmer des hinteren Ganges etwas Unsichtbares und doch stark Spürbares seinen Odem hinterlassen hatte.

Dieses Gefühl war so stark, daß sie mit beiden Händen die Raserei ihres Herzens zu stillen versuchte. Langsam wurde sie ruhiger, und ihre Stimme kehrte zurück. Aus der Not unerklärlicher Angst heraus rief sie den Namen ihres Vaters, aber niemand antwortete.

Da wagte sie es und öffnete die Tür. Und sie sah den Vater an der eisernen Vorhangstange hängen – ohne Leben.

*

Der Hochzeiter Veit Troller stahl sich unhörbar die Treppe hinauf. In Stunden bitterer Entscheidung wurde auch ein ganzer Mann wieder zum Kind, das zur Mutter flüchtete.

Die Altbäuerin saß in ihrem Lager, und ihre Augen waren eine einzige Erwartung. Mit ihren blutleeren hageren Händen zog sie den Kopf ihres Enkels zu sich nieder, und er hörte sie erstickt sagen: „Mußt jetzt tapfer sein, Bub, es ist für uns alle nicht leicht. Aber jetzt gibt es keine Umkehr mehr. Es ist eine harte Straf, Bub, eine bitterharte Straf! Ich weiß, was in dir vorgeht.

Hab ja das Dirndl, die Rosemarie, selber gern, als wär's meine eigene Tochter. Ist keines im ganzen Ort, der sie nicht gern haben müßt."

Der sonnengoldene Tag begann leise zu verblassen, der Ruch von Wald, Wiesland und Blüten verstärkte sich, als wolle er sich noch verströmen vor Beginn der Nachtruhe. Die alten Recken am Rand des Absturzes zum Fluß hinunter warfen Millionen Lichtreflexe in den wärmetrunkenen Nachmittag und schauten in erhabenem Frieden hinweg über die Fluren von Wackersberg.

Etwas vom Glanz dieses Sommertages fiel durch die kleinen, nach Westen gelegenen Fenster der Ehkammer im Trollerhof.

Die Trollermutter spürte Licht und Wärme von draußen über ihr Gesicht zärteln, und Sehnsucht kam sie an, durchs offene Fenster zu schauen. Fast demütig sagte sie leise:

„Veit, du hast soviel Kraft! Tät so gern noch mal zum Fenster hinausschauen, hab so wenig vom Sommer.“

Der Veit schob die Arme unter den abgemagerten Körper der Kranken, er hatte fast kein Gewicht. Sein Gesicht war von innerem Schmerz durchzogen, als er sie an sich drückte und zum Fenster trug.

Noch nie war er dieser Mutter so nahe gewesen wie in diesen Minuten. Als ob ein Größerer ein Bild vor ihn hielt, ein Bild dieses Mutterlebens, das wie ein klares Mosaik bestand aus Arbeit, Fürsorge, Hingabe und Verzicht, wuchs die hilfsbedürftige alte Frau in seinen Armen zur stillen, unerkannten Heldin empor, und er sagte wie gezwungen:

„Mutter, glaub mir, jetzt erst weiß ich, was du für mich gewesen bist. Und wenn ich dich selber pflegen müßt – es soll dir an nichts fehlen.“

„Ist schon recht, Veit!“ Und sie strich ihm, zitternd und glücklich über sein Bekenntnis, sein wildes Gelock aus der Stirn.

Dann atmete sie tief und inbrünstig den Wohlgeruch ein, der vom Blumengarterl emporstieg zur Krankenstube.

Sie sah am Berghang verstreut das Dorf liegen, unweit des klarsten Bergflusses weithin.

Überall in den Grenzhecken blühten die Wildrosen und Fliederbüsche, Schneeballen und Ligustersträucher.

Der Gergenbauer hatte seine Wiesmahd bereits zur Hälfte liegen.

Im Gesicht der Trollerhofbäuerin wurde etwas wie Erleuchtung groß, und sie sagte tiefbewegt:

„Veit – mein Leben ist ein reiches Leben gewesen, und ich will keine Klage erheben gegen den Herrgott, daß er mich jetzt niedergestreckt hat. Ich will täglich beten zu ihm, daß er dir beisteht bei dem, was auf dich wartet."

Als sie ihrem Buben in die Augen schaute, sah sie, daß Tränen aufbrannten in seinem Blick und hörte ihn sagen:

„Mutter, wenn ich an dein und Vaters Leben denk, dann werd ich's schon schaffen."

Und mit dem ehrlichen Vorsatz, die eben auf den Trollerhof gekommene Jungbäuerin Traudl als solche anzuerkennen, trug er die Kranke auf ihr Lager zurück und versprach:

„Mutter, so oft du willst, trag ich dich ans Fenster. Ich spür dich ja kaum. Bist leicht wie eine Feder.

Und jetzt – jetzt, Mutter, geh ich hinüber in unsere Kammer und red mit der – mit der Bäuerin, geb Gott, sie versteht mich."

Die jungvermählte Traudl aus Wackersberg starrte ihm voll sprühenden Hasses entgegen, als er die Tür zur gemeinsamen Kammer öffnete. Sein eben noch zum Opfer bereites Herz verhärtete sich.

Er suchte nach dem ersten rechten Wort und fand es nicht.

Wie ein Pfeil des Hohnes traf ihn ihr hämisches Lachen:

„Daß der Herr Bräutigam doch noch kommt? Hat er erst das Lausdirndl vom Zunderersachl fragen müssen, ob er darf?“

Die Blicke der Traudl trafen ihn wie spitze Dolche.

Sie war eben dabei, ihren Isarwinkler Schmuck abzunehmen und in eine Kassette zu legen.

Der Veit Troller sah, daß ihr Nacken schön geformt war, ihr schweres Haarnest echt und ohne Ersatzzopf. Sie war stämmig, aber harmonisch gebaut, und hätte sie die Würde einer Frau an sich gehabt, man könnte sie fast schön nennen. Nur ihr Mund trug das Merkmal starker Sinnlichkeit, und das stieß ihn ab.

Wie eine Fata Morgana sah er das unschuldige Lippenpaar der Rosemarie vor sich, und der Gedanke, daß ein anderer eines Tages sich daran sattküssen würde, überkam ihn wie Fieber.

Und wieder wußte er: ‚Ich schaff's nicht! Ich kann und will der Traudl ihr Mann nicht sein.‘ Und er sagte mit ganz fremder Stimme:

„Bäuerin, laß die Rosemarie aus dem Spiel. Sie bedeutet mir, was mir noch keine vorher bedeutet hat. Das, was ich inwendig spür für sie, ist überhaupt nicht zu vergleichen mit all den schnellen Liebschaften, die vorher waren. Du weißt genau: Wenn du mich nicht in die Stauden gezogen hättest, dann wär die Rosemarie Trollerhofbäuerin geworden.

Aber das Kind soll einen Vater haben. Nur deshalb, Traudl, haben wir heut Hochzeit gemacht.

Hochzeitsnacht gibt es keine. Ich schlaf nach wie vor in meiner Bubenkammer, und wenn du dich damit nicht abfinden kannst, so müssen wir halt wieder auseinandergehen, wenn das Kind meinen Namen hat."

Die Frau im fußlangen Damastrock und dem herrlichen Schalk wurde blaß. Ihr Gesicht verzerrte sich.

„Du Lump! Du gemeiner Lump! Bist nicht du derjenige, der in Gaißach und Umgebung als der Hauptgockl bekannt ist? Mit dem jede saubere Sommerfrischlerin sich abseits druckt? Und mich willst geringschätzen, weil ich mit meinen vierundzwanzig Sommern von Zeit zu Zeit ein gesundes Mannsbild brauch?

Daß die siebzehnjährige Nachbardirn noch ein unschuldiges G'sichtl hat, brauchst ihr nicht hoch anrechnen. In dem Alter hab auch ich erst den Unterschied von Mann und Weib kennengelernt.

Schlaf von mir aus in deiner Bubenkammer, solang du willst, aber das sag ich dir: Sobald ich deinen Kramp'n los bin, richt ich mir mein Leben ein nach meinem Gusto! Ob da die Ehr der früheren Trollerhofbäuerinnen besser geglänzt hat oder nicht, ist mir wurscht!

Weil wir schon grad eine Aussprache haben: Die Pflegerin von deiner kranken Mutter mach ich nicht. Wenn du das Pflegeheimgeld sparen willst, so ist dafür die Steffa da, aber nicht ich!

Denk bloß nicht, daß ich von dir abhängig bin! Die einzige Hoferbin vom Emmenriederhof in

Wackersberg mit über dreihundert Tagwerk Grund und Wald hat's nicht nötig, vor einem zu buckeln, der knapp soviel hat.

Ich hab mir fest vorg'nommen, mir als Trollerhofbäuerin nichts zu schulden kommen zu lassen, ein ordentliches Leben zu führen, wie es Brauch ist, aber ich seh jetzt, das ist zwecklos. Wenn ein Mannsbild wie du eine andere im Kopf hat, ist alles umsonst.

Am Tisch und bei der Arbeit sollten wir den Leuten kein anderes Bild geben wie in jedem geordneten Hof. Die Steffa soll mit Recht nicht unter die Leut tragen können, daß wir leben wie Hund und Katz. Aus so einer Halbdepperten locken die lieben Mitmenschen die Wahrheit bald heraus. So werden wir zwei die Zeit, bis das Kind da ist, schon überbrücken."

Das Blut war zurückgeströmt in die wohlgerundeten Wangen der jungen Trollerin, ihre Augen waren ohne Wärme, aber der Haß war daraus entwichen.

Fast freundlich sagte sie: „Jetzt essen wir gemeinsam zu Abend. Mein Godl hat für alle eine kalte Platte gerichtet mit gemischtem Salat, und vom Emmenriederhof hab ich eine alte Flasche guten Weins mitbracht, wenn er auch nicht recht anbracht ist für unsere Scheinehe."

Mit diesen Worten ging sie, eine stattliche Gestalt, an ihm vorbei zur Tür, ohne ihn anzusehen.

Im Stall wurden die Tiere unruhig, es war bereits über die Futterzeit.

Es waren nicht viele, die auf ihr Recht warteten. Der Hauptreichtum und Stolz des Trollerhofes war seit Wochen auf der Roß- und Buchsteinalm, von den treuen Händen eines in Rente lebenden, langjährigen Knechtes des Hofes versorgt.

*

Die Rosemarie hetzte in die Stube zur Nähmaschine und holte die Schere. Dann schob sie den umgefallenen Stuhl nah an den Erhängten heran und schnitt ihn ab.

Als ihr der Tote aus den Armen glitt und hart auf dem Kammerboden aufschlug, begann die Rosemarie hemmungslos zu weinen.

Sie sah auf ihren Vater nieder, dieses Wrack eines Menschen, der mit blaugeschwollenem Gesicht auf den Bodenbrettern lag, auf welche die sinkende Sonne ihr rotgoldenes Leuchten warf.

Als ob der Kopf ihres Vaters mit dem dünnen grauen Haar in einer Gloriole läge, war ihr, und sie murmelte:

„Vater im Himmel, stoß ihn auch drüben nicht in die Finsternis! Du weißt, welch redlicher, ehrlicher, gütiger Mann und Vater er gewesen ist. Das Unglück, das zweifache große Unglück, hat ihn dem Alkohol verfallen lassen. Die Mutter hat es gewußt, und nie ist ihre Liebe zu ihm verkümmert, und auch ich, seine Rosemarie, werde es immer wissen."

Sie kniete sich neben ihn nieder, öffnete seine Schafwollweste und sein Hemd, legte das Ohr an seinen abgemagerten Körper und lauschte. Aber es rührte sich nichts mehr, und auch der arme Leib war kalt wie Eis.

Wie gut wäre es, wenn sie jetzt das Wegerl zum Trollerhof hochrennen könnte, zum Mann ihrer Liebe, und ihn holen! Aber sie konnte es nicht. Der Veit hatte einen goldenen Ehering am Finger, er hatte das Jawort gegeben vor Gottes Altar. Sie selbst hatte ihn dazu gebracht.

Also konnte sie ihn nicht schon am Hochzeitstag aus der schwererkämpften Ruhe reißen.

Tränen der Rosemarie tropften auf die nackte Brust des Erhängten. Ihre Hand strich wie in Trance immer wieder über seine Wangen und seine Stirn, und ihre Lippen verrieten, was in ihr vorging.

‚Armer Vater! Ich hab verzichtet auf mein Glück – auf ein großes Glück, das weiß der Herrgott im Himmel. Ich darf zu ihm kommen und ihn bitten, daß du ein Platzerl in Frieden bekommst drüben. Und die Mutter hat auch nie aufgehört, dich zu lieben und zu verstehen.

Auch bist du nicht arm hinübergegangen. Es hat dich noch keiner um Hilfe angegangen, und du hast sie ihm nicht gewährt.

Nicht jeder, der von dieser Welt fort muß, kann das von sich sagen.

Vaterle – hab ich dir vielleicht nicht genug gezeigt, was du für mich bist, für uns alle gewesen bist, solang das Unglück vorbeigegangen ist am Zunderersachl? Dann verzeih es mir, Vaterle, dann verzeih es mir! Es wird kein Abend kommen, wo ich nicht bete für dich, für die Mutter und meinen Bruder. Ich hab gelesen von einem großen Dichter, daß Gebete, aus tiefstem Herzen kommend, über Räume und Welten hin den Heimgegangenen zur Wohltat werden. Und ich fühle, daß es so ist!‘

Dann stand sie auf, ging die Stiege hinauf und holte aus Mutters Glaskasten den Kerzenleuchter mit der geweihten Sterbekerze und das Kreuzlein, das die Mutter aus Altötting mitgebracht hatte für Vaters Tod.

Die Ehkammer ihrer Eltern lag gebadet in goldenes Abendleuchten. Ein Zitronenfalter hatte sich durchs offene Fenster verirrt, auf den bemalten Kleiderkasten gesetzt und öffnete und schloß wie zum Vergnügen seine zarten Flügel.

Rosemarie empfand, wie schon tausendmal vorher, daß Gottes Schöpfung wunderbar und anbetungswürdig sei.

Als ob der kleine Schmetterling mit seinem Dasein in ihr schweres Herz eine Spritze der Kraft und Lebensbejahung gegeben hatte, lief Rosemarie die Treppe hinunter und auf dem schmalen Sträßlein hinüber zur Pfarrei. Sie mußte den gewaltsamen Tod des Vaters melden.

Der geistliche Herr wußte um das harte Leben der Rosemarie Zunderer und sagte kein Wort davon, daß er den Selbstmörder nicht in ein geweihtes Grab legen lassen dürfe nach den kirchlichen Vorschriften. Er strich ihr nur erbarmend und als menschlicher Bruder über ihr abgeblaßtes, verweintes Gesicht und meinte: „Wir alle wollen ihn in warmem Gedenken behalten. Der Totengräber wird den Platz frei machen neben deiner Mutter, Rosemarie."

Als die Rosemarie ihren Weg zurückhetzte, fing das Totenglöckerl an zu läuten. Weit über das Tal und seine Blütenpracht hinweg, wurde der letzte Mahner zum Alleinherrscher, allein mit seiner kleinen, bescheidenen Stimme.

Alles was groß und beherrschend war im menschlichen Dasein, im menschlichen Kampf, verlöschte wie eine Kerzenflamme, der es an Nahrung mangelte.

Groß und mit der Stimme der Posaune öffnete das Sterbeglöcklein die Tore zu einer anderen Welt.

Rosemarie spürte es im tiefsten Innern. Am liebsten wäre sie mitten auf dem grasbewachsenen Sträßlein niedergekniet und hätte sich ganz klein gemacht, ganz winzig klein, wie ein Straßenstaubkörnlein am Weg.

Aber keiner in ganz Gaißach würde sie verstehen können. Die ganz großen Gefühle, in begnadeten Stunden geboren, gehören jedem Menschenherzen allein. So hetzte Rosemarie weiter. Ihr Gehirn begann wieder fieberhaft zu arbeiten, zu planen, zu rechnen mit dem, was das Morgen und Übermorgen verlangte, und der Tabernakel im Geheimfach jeden menschlichen Herzens war wieder abgeschlossen.

Der Sarg mußte bestellt werden, die Träger – der Veit, der Veit würde es sich nicht nehmen lassen, seinen toten Nachbarn zu seiner letzten Ruhestätte tragen zu helfen. Ein spitzer jäher Stich traf ihr Herz, als sie daran dachte, daß er ja dann in ihr Haus kommen mußte, daß sie ganz nah bei ihm stehen würde und vielleicht seine Hand spürte und seine Körperwärme. Ein Schluchzen stieg in ihr hoch, und die Rosemarie wußte nicht, daß es noch ein weiter Weg war durch das Tal, das jeder Opferer durchwandern muß. Sie holte tief Atem, und ihr Blick schweifte hinüber zur Benediktenwand, deren Zinnen vom Purpurgold des Abendrots umflammt waren.

Plötzlich riß sie eine Stimme aus ihrer Andacht.

„Rosemarie – hab grad g'hört, daß du den Vater verloren hast."

Der Oswald Franz stand neben ihr und faßte ihre Hand. Sie hatte ihn nicht kommen hören. Es war ein Bursch ihres Alters, vielleicht drei Jahre älter, bescheiden, ja zurückhaltend in seinem Auftreten. Er hätte ruhig um einen Kopf größer sein können und sein Gesicht männlicher.

Aber seine Augen waren von einer selten starken Ausdruckskraft. Wenn man sie ohne Voreingenommenheit aufmerksam betrachtete, mußte man Wärme für den Oswald Franz empfinden, ja sogar Zuneigung.

Auch wenn man dies vorher nicht gekonnt hätte, so konnte man jetzt an die Güte in einem Menschen glauben, an seine Anständigkeit und Hilfsbereitschaft.

Die Rosemarie überließ ihm ihre Hand, und Tränen begannen von neuem zu strömen. „Ich dank dir, Franz", sagte sie einfach.

„Wenn es dir recht ist, tät ich ihn gern tragen, Rosemarie. Und wenn ich dir helfen kann bei der Heuernt, brauchst es nur sagen."

Der Oswald Franz war keiner der ganz großen Gaißacher Bauern, sein Grund war auch nicht der beste in der Gemeinde, viel davon grenzte an die Filz, aber sein Grenzwald oben am Sattel, wo es hinunterging ins Tegernseeische, war eine Seltenheit. In keinem Waldteil des Isarwinkels standen noch solche mächtigen, kerngesunden Eichen.

Der Oswald Franz war kein Draufgänger. Keiner wie der Veit Troller. Er trug seine Werte verborgen und kaum sichtbar, aber jedes Tier in seinem Stall bekam wartende Augen, wenn es ihn kommen hörte.

Nur seine Mutter wußte, daß ihr Bub, der Hoferbe, blaß wurde, sah er die Rosemarie am Hof vorbeigehen. Einige Male war sie schon im Kampf mit sich gewesen, ob sie ihm nicht Mut machen sollte. Er war so scheu und hielt nicht viel von sich selber, weil er sich schwer tat mit der Rede. Aber die Mutter war felsenfest überzeugt davon, daß keine Frau im Isarwinkel einen besseren und treueren Mann bekommen könnte wie ihren Franz.

Die Rosemarie wunderte sich, daß sie ihre Hand nicht zurückzog aus der vom Franz Oswald. Es tat gut, in seine Augen zu schauen, war nichts darin, vor dem man Furcht haben mußte.

„Du bist ein guter Mensch, Franz", sagte sie, und ein mißglücktes Lächeln spielte um ihren knospenhaft blühenden Mund.

Dem Franz sprang eine Blutwelle ins Gesicht, und seine Augen, von der Farbe reifer Haselnüsse, leuchteten vor Glück. Aber sagen – etwas sagen davon, wie es in ihm aussah, das konnte er nicht.

„Ihr habt doch selber Wiesmahd genug", meinte die Rosemarie, „und da du und die Paula, deine Schwester, allein seid mit der Arbeit, kann ich das nicht verlangen."

„Ich – ich mein ja nur", sagte der Franz und lockerte seine Hand. Sein Tastsinn war fein wie der einer Mimose, er war keine Kämpfernatur.

Fast demütig sagte er: „Heut abend, beim Rosenkranz für deinen Vater, leg ich dir einen großen Strauß Orchideen an euer Grab – auf unserer schattseitigen Filz blühen sie zu Tausenden."

„Vergelt's dir Gott, Franz! Die hat der Vater am liebsten mögen von all unseren Bergblumen", sagte sie. „Ich hab ihm einmal versprechen müssen, daß sein Sargkranz von lauter wilden Blumen sein soll und ich ihn selber binde. Zeitlebens hat er immer nur ein oder zwei Blüml mit heimgenommen vom Berg; nicht so wie manche Sommergäst aus der Niederung da in unserem Dorf, die reißen sie ab, als hätten die Blüml kein Leben. Aber einmal, zu seinem Sterben, soll alles in Fülle sein. Das könnt er verstehen. Und deshalb, Franz, sag ich dir noch mal: Vergelts' Gott."

Dann gingen sie beide auseinander wie Kinder einer großen Familie.

*

Als Rosemarie zum Zunderersachl zurückkam, stand die Leichenfrau, die alte Lechwabn, vor der Haustür und sagte zu ihr:

„Rosemarie, hab nicht warten wollen, bis du kommst. Die Tür war offen, und alles, was ich gebraucht hab zur letzten Reinigung, hab ich g'funden. Ist alles ordentlich bei euch und an seinem Platz. So hab ich ihm den guten dunklen Anzug angelegt, hast ja keinen Bruder mehr, der ihn hätt brauchen können. Um seinen zerschundenen Hals hab ich ihm den weißen, feinen Wollschal gewunden, der im Schrank von der Mutter gewesen ist. Wahrscheinlich hat sie ihn als Andenken an eine schöne Stund aufbewahrt. Deine Mutter ist mir die liebste Schulkameradin gewesen. Gott hab sie selig. Jetzt sind sie wieder beieinander – und nicht nur im Grab. Damit ist es nicht aus.

Glaub mir, Rosemarie, da ist viel, das von weither kommt und weithin zurück muß, und all die gescheiten studierten Leut, die von einem Stern zum andern fliegen wollen und können, die spüren es nicht. Nur wer demütigen Herzens ist, spürt es.

Soll ich dir den Sarg bestellen? Ich denk, der Vater möcht seinen Schulkameraden, den Kastenschreiner und Sargtischler im Tölzer Gries was verdienen lassen. Solls ein guter sein oder tuts auch ein billiger?“

„Wabn“, entschließt sich spontan die Rosemarie, „Wabn, den besten! Den aus Eichenholz. Auch für die Mutter hab ich einen aus Eichenholz kommen lassen, das bin ich ihnen wohl schuldig.“

„Bist ein braves Dirndl, Rosemarie. Ein Jammer, daß das mit der Emmenriederin dazwischen kommen ist!“

Es ging nicht immer taktvoll zu, wenn Bauernmenschen miteinander redeten. Und die Augen der Rosemarie fingen zu brennen an. Da sah sie die Ehrlichkeit des eben Gesagten im Antlitz der alten Leichenfrau, in ihrem Blick die warme Anteilnahme, das menschlich verbundene Mitgefühl, und sie legte ihre Hand auf die der alten Frau und sagte:

„Es hat so sein sollen, Wabn. Gerade du solltest wissen, daß nichts geschieht, von dem unser Herrgott nichts weiß.“

Die Wabn nickte. Sie hätte bei ihrem Totendienst ihr heiteres Herz nicht behalten können, ohne in Verbindung mit Gott zu stehen.

Und sie legte der Rosemarie die Hand auf die Schulter und sagte mit großer Bestimmtheit: „Und jedes Heut hat ein Morgen, und oft wird ein Unglück zum Glück. Aber man erkennt es erst, wenn die Haare dünn werden und die Zähne locker.“

Dann schickte sie sich zum Gehen an, mit ihrem immer noch hurtigen, irgendwie leicht wirkendem Schritt.

Die Rosemarie saß nun mit gefalteten Händen am Totenbett des Vaters, den der Alkohol zu einem anderen Menschen gemacht hatte. Als sei der Tod der getreueste Freund von uns Erdenkindern, hatte er aus Vaters Antlitz alle Unrast, alle Bitterkeit und Ausweglosigkeit gelöscht.

Man konnte das stillgewordene Gesicht des Kleinhäuslers Zunderer fast schön und ehrfurchtgebietend nennen.

Alles, was sein Leben ausgemacht hatte, zog an Rosemaries innerer Schau vorüber – ein langer Zug von Arbeit und Kampf ums Brot, von Herzeleid und Irrgang, aber auch von menschlichem Glück und Geborgenheit in der Wärme zweier Liebenden.

Und es sah die Rosemarie Zunderer wie in Erleuchtung ihr eigenes zukünftiges Leben neben dem ihrer Eltern stehen und empfand es ärmer als das ihrer Eltern, trotz dem Fluch, den der Alkohol ins friedvolle Zunderersachl geworfen hatte.

Ganz hell stand Gaißachs Kindersanatorium vor ihr mit dem Saal der Vier- bis Sechsjährigen. Kinderaugen sahen wartend und sehnend zu ihr auf. Ein wundervolles, nicht zu beschreibendes Gefühl erfüllte Rosemaries Brust. Und die Tochter erkannte neben ihres Vaters Totenbett, daß der Herrgott ihr etwas geschenkt hatte, das tausend andere nicht besaßen.

Rosemarie stand vom Stuhl auf und öffnete auch das zweite Fenster der Kammer, und Klatschrosenduft, Liliensüße und Goldlackrausch brachen verstärkt herein.

Vor sich im Westen sah sie die dichtbewaldeten Kuppen der Wackersberger Heimberge. Sie schimmerten in ihrem satten, ewigen Tannengrün. Im Süden ragte schroff die Benediktenwand auf, im Südwesten die Königin der bayerischen Hochalpen, die Zugspitze.

Als Band ewigen Lebens glitt die brunnklare Isar tief unten vorüber; wo das Gestäud eine Lücke offen ließ, konnte man eine Welle blinken sehen.

Plötzlich spürte Rosemarie zwei Arme um sich – Arme wie Stahl.

Der Veit war so leise hereingekommen wie ein Geist. Aber seine Stimme war die eines Menschen von Fleisch und Blut, und seine Augen brannten vor Sehnen und Traurigkeit.

„Rosemarie – ich bin kommen, weil jetzt einer bei dir sein muß. Sag, was ich dir helfen kann. Daß ich meinen Nachbarn zu Grab trag, das weißt du ja. Jetzt hat er ausgelitten. Keiner versteht so gut wie ich, daß man mit etwas nicht fertig werden kann und Vergessen sucht im Alkohol. Wenn ich nicht wüßte, daß ich mich scheiden laß, wenn das Kind da ist, tät ich auch nach der Flasche greifen. Rosemarie, du hättest mich nicht aufgeben dürfen um dieses Kindes willen, ohne das hätt ich mich gewehrt gegen den Befehl meines Vaters.

Und ich hätt dich heimgeführt am Hochzeitstag in unsere Ehkammer, und es hätt in Gaißach noch nie ein glücklicheres Paar gegeben.

O Rosemarie! Wenn ich dich nicht so narrisch gern hätt, ich müßt dich hassen, daß du an ein Ungeborenes mehr gedacht hast als an unser gemeinsames Glück.

Zuviel Selbstsucht ist von Übel, das seh ich ein, aber zuwenig an sich selber denken, ist auch von Übel. Und jetzt fängt die Durstzeit an – ich hab Angst vor ihr. Ich kann keine andere mehr anrühren, seit ich deine Lippen auf den meinen gespürt hab, ich käm mir vor wie ein Lump.

Oft bei der Nacht treibt's mich von meiner einsamen Bettstatt auf, und ich reiß das Fenster auf und schau zum Zunderersachl, ob du nicht vielleicht auch am Fenster stehst und heraufschaust zum Trollerhof.

So verfahren wie die unsere ist wohl noch keine Liebesgeschichte gewesen im Isarwinkel.

Jetzt hast ganz traurige Augen kriegt, Rosemarie, fang nicht zu weinen an. Das tut mir weher als alles, was mir weh tun könnt!"

Die Rosemarie, die tapfere Rosemarie, versuchte ein Lächeln, und ihre Hand glitt zart wie ein Schmetterlingsflügel an seiner Wange entlang, und er hörte sie sagen:

„Ich hab getan, was ich für das Rechte hielt, Veit! Leichter wär's gewesen, ich hätt mich in deine Arme geworfen und die reiche Emmenrieder Traudl ihrer

Schande überlassen. Hast es ja in meine Hände g'legt.

Ich denk oft an das Kindl, das ins Leben wächst. Und wie ich die Traudl kenn, hätt sie es abtreiben lassen. Ich hab Kinder gern, Veit! Kinderaugen sind für mich das Schönste, was es gibt auf der Welt."

Der Veit Troller schaute das Dirndl seiner Liebe an in Verzückung. Dann riß er sich zusammen und wendete sich zum Gehen.

„Länger kann ich nicht bleiben, Rosemarie. Ich verkraft's nicht, so nah bei dir zu stehen.

Wenn du noch im Dorf zu tun hast und ich deine Stallarbeit machen kann, dann sag's. Ich tu's gern.

Noch was mußt du wissen: Die Mutter hat wieder ihre Kopfkrämpfe gehabt heut nacht. Sie hat zweimal nach dir gerufen."

„Ich komm, sobald ich meine Tiere versorgt hab. Ich komm!"

Es war so viel Wärme, so viel Bereitwilligkeit in dem Ton, wie sie es sagte, daß es den Veit, der seine Mutter liebte, anrührte wie ein Quell, der zum Herzen drängte.

„Beim Rosenkranz für deinen Vater sehen wir uns wieder", sagte der junge Troller noch und machte die Kammertür leise hinter sich zu.

*

Die junge Trollerbäuerin sah die Steffa aus der Schlafstube der Trollermutter kommen und wie sich die Magd die Tränen aus den Augen wischte. Etwas wie Mitleid rührte die Frau des Hofes an, und sie fragte mit weniger herrischer Stimme:

„Warum heulst denn, Steffa? Hat sie wieder nichts gegessen?"

Die Steffa war nur harte Befehle gewöhnt von der neuen Bäuerin.

Sie wendete ihr angenehm überrascht ihr breites, unschönes Gesicht zu und gestand aus ihrem Mitleid um die Kranke:

„Die Trollermutter ist so arm und muß so viel leiden!"

„Es müssen viele leiden – das ist halt so, wenn man alt wird und andern zur Last." Das war wieder hart gesagt. Wie spitze Steine kamen die Worte aus dem Mund der Bäuerin.

„Ich kümmere mich gern um sie", sagte Steffa und richtete sich zu ihrer Riesengröße auf. „Mir ist sie keine Last!

Mir ist sie all die Jahre gewesen wie eine Mutter. Hab nie eine Mutter gehabt. Nur – nur eine Vorsteherin im Waisenhaus, die hat mich nie mögen. Keine hat soviel Schläg kriegt wie ich."

Die junge Trollerin hielt inne und schaute ihrer Magd groß ins Gesicht. Und etwas wie Erkenntnis kam sie an, daß sie, gemessen an diesem an Geist und Körper verunglückten Menschen, eine Herrin war, eine Königin im eigenen kleinen Königreich.

‚Ohne König!' höhnte da aus der Ecke des Bösen, die jeder Mensch in sich trägt, eine Stimme des Unfriedens, der Schattseitigkeit und der Zerstörung. Und ausgelöscht war der Anflug von Mitgefühl für eine vom Leben Betrogene, und wieder war die Stimme der Trollerin hart wie Glassplitter:

„Der Gang im Oberstock muß neu gewachst werden, bevor wir den frisch gewaschenen Fleckerlteppich auflegen können. Übermorgen kommen vier Nürnberger Gäste."

Die Wendung zum Hellen und Warmen im Gesicht der Steffa verlöschte wie eine Kerzenflamme im Wind. Da hatte sie doch eben, vor Minuten, noch etwas gespürt, was von der neuen Bäuerin ausgegangen war. Gespürt, was gut getan hatte, tief in der Brust, aber jetzt war es schon wieder fort.

Es war jetzt gar nichts mehr, was gut tat, in der Brust. Der Veit, der Jungbauer, ging seit der Hochzeit mit einem Gesicht umeinander, daß man heulen könnt. Er hatte ihr hin und wieder ein liebes Wort gesagt, ein Lob, aber schon lange nicht mehr.

Der Altbauer, der Trollervater, war auch ein anderer geworden, seit im Dorf die Rede umging, daß die reiche Emmenrieder Traudl von Wackersberg auf den Trollerhof kam als Bäuerin. Von dem hörte sie auch kein freundliches Wort mehr. Und die Mutter, die Kranke, hatte genug mit sich zu tun. Von der konnte man es nicht erwarten.

Aber wie schwer der Steffa oft das Denken auch ankam, eines begriff sie in ihrem unterentwickelten

Sinn: Daß der Trollerhof ein anderes Daheim gewesen war für Mensch und Tier, bevor die Wackersbergerin als Bäuerin auf den Hof gekommen war.

Etwas Aufsässiges wollte sich rühren im Herzen der Steffa. Und wieder war der Schatten der Kindheit da. Das harte Antlitz der Vorsteherin, in dem keine Spur von Liebe zu finden war, deren Hände den Rohrstock führten, als wäre es eine Lust, unglücklich geborene Kinder zu schlagen. So tat sich die erste Wegstrecke ihres Lebens auf und machte sie wirr, zerriß den Gedankengang, der ihr an Tagen der Ruhe und des Gleichmaßes in der Geborgenheit des Trollerhofes eigen geworden war. Eine unerklärliche Angst überfiel die Steffa, vor dem, was auf sie wartete unter den harten Augen der neuen Bäuerin.

Manchmal verlor sie sich im Anschauen zweier verliebter Blaufinkerl, die vor ihrem Fenster im alten Nußbaum ihr Nest gebaut hatten.

Ein Hunger nach Liebe überfiel sie dann, daß sie weinen mußte.

Wäre die Trollermutter nicht so arm und elend gewesen, so besorgt und schreckhaft seit der Hochzeit des Sohnes Veit mit der Emmenriederin, so würde sie die einmal fragen. Die Trollermutter lachte nicht spöttisch, wenn die Worte der Steffa sich überkugelten und bruchstückweise und stokkend aus ihrem Mund kamen. Die Trollermutter war eine Gute, und manchmal strich sie der riesenhaften und geistig so kindlich gebliebenen Steffa über das rötliches Haar.

Schon lange nicht mehr hatte der Veit seine Klarinette heraus auf die Rastbank gebracht und ihre süße tanzende Stimme über Gaißach hinweghüpfen lassen. Die Stimme von Veits Klarinette aber war das Schönste, was die Steffa vom Leben kannte.

Sie stand am Hofbrunnen und schaute hinunter zur Hügelstadt Bad Tölz, und die Kirchtürme der Stadt mit ihrer Siebenjahrhundertgeschichte blinkten und funkelten, daß es ihre Augen blendete. Es war aber auch ein Tag, an dem man am liebsten etwas ans Herz drücken möchte, so voll Sonne und blauer Unendlichkeit, so voller Blütenduft und Jubilo von allen Zweigen rings um den Hof.

Die Bäuerin hatte bereits um vier Uhr die schwere Mähmaschine über die große Wiesmahd geführt, und als der Altbauer ihr noch einen Rat geben wollte, hatte sie nur spöttisch gelacht. Ihr brauche keiner was beibringen, wenn's um die Maschinen gehe, hatte sie gemeint. Wäre sie nicht die Erbin des Emmenriederhofes, sie hätte am liebsten eine Maschinenschlosserlehre gemacht.

Da sagte der Altbauer nichts mehr, sondern ging langsam, Schritt für Schritt, ins Haus zurück, die Stiege hinauf zur kranken Bäuerin und erkannte in ihrem Gesicht eine Nacht voller Schmerzen, die sie durchgestanden hatte. Schon lange hatte die Trollermutter ihren Mann gebeten, sein Bett in die Kammer vom Veit zu stellen, um dort zu schlafen.

Allein wollte sie sein, weil ihr in letzter Zeit die Schmerzen manchen Wehlaut erpreßten, von dem die Ihren nichts wissen sollten.

Jetzt verkrampften sich die Nerven unter der Schädeldecke wieder, daß sie schreien mußte.

Die Steffa hörte es und wußte, was der Trollermutter helfen konnte. Mit langen Schritten hetzte sie hinunter ins Zunderersachl und schrie bereits am Zaun, über dem die Klatschrosen blühten:

„Rosemarie, komm! Die Mutter schreit vor Schmerzen!“

Die Rosemarie war eben dabei, in ihrem Schlafkammerl schneeweiße Gardinen aufzumachen, ihr Herz war leicht und hell vor Freude.

Der Fabrikant aus Duisburg hatte geschrieben, daß sein Töchterchen Gloria mit ihm und seiner jungen Frau, der ehemaligen Oberschwester Claudia, auf ihrer Hochzeitsreise nach Griechenland vorbeikomme, und wenn er dürfe, wolle er seinen Liebling in der Obhut der immer geliebten und unvergessenen Tante Rosemarie drei Wochen lang auf dem Zunderersachl lassen. Das Kind sei ganz außer sich vor Freude!

Nun mußte das ganze Zunderersachl auf Hochglanz sein. Der Kuhstall war frisch gekalkt, Vaters Kammer mit einer neuen Bettstelle und frischen Matratzen versehen, Blumenstöckel waren an den Fenstern und auch neue Vorhangerl. Ein bunter Fleckerlteppich lag auf den weiß geputzten Fichtenbrettern.

Es roch frisch und appetitlich in Vaters Kammer, nichts war mehr da vom schrecklichen Dunst eines Alkoholikers.

Die goldene Sonne schickte ab frühen Mittag ihre Licht- und Wärmefluten in die geräumige Kammer, und Klatschrosen und Lilien, Goldlack und gefüllter Flieder taten das ihre dazu. Oh, daß ihr Vögelchen kam! Ihr geliebtes Vögelchen. Klein-Gloria würde oben in Rosemaries Mädchenkammer mit ihr schlafen. Sie hatte das alte Biedermeier-Kanapee neben ihr Bett gestellt, das die neue Trollerbäuerin vors Haus getan hatte nach der Hochzeit, weil sie alles vom Modernsten haben wollte. Für Rosemarie war es gut genug!

Rosemarie war lange nicht mehr so glücklich gewesen. Ihre Füße berührten den Boden kaum, so leicht huschte sie durchs Haus.

Oben, auf Zunderers Familiengrab, lagen noch die Kränze, und der letzte Gang des Tages war der zum Friedhof um sie zu begießen. Dem Vater hatte fast jeder Gaißacher und viele Tölzer und Bürger der umliegenden Weiler das letzte Geleit gegeben. Die Sterbeglocke hatte eine große Macht.

*

Als der Trollervater später am Morgen wieder die Ehkammer mit den schweren Balken an der Decke betrat, versuchte die Trollermutter ein armseliges Lächeln. Er brachte das Fluidum, den Ruch des sieghaften Sommertages mit herein. Tränen wollten in die Augen der Kranken springen, aber sie sollten es nicht. Statt dessen sagte sie:

„Bastian, allweil wieder reift die Mahd. Schön ist's gewesen, wo ich als deine Jungbäuerin hinter dir drein die Mahden verstreut hab. Hat noch keine Mähmaschine gescheppert, man hat alle Vögel singen hören vom Wald herüber. Bastian, hast mich nie spüren lassen, daß du eine arme Siederertochter geheiratet hast. Vergelt's dir Gott!

Jetzt grad ist mir so wohl, hab gar keine Schmerzen. Nur die Angst, weißt, die Angst ist allweil da, daß sie wiederkommen.

Daß die Rosemarie so nah beim Hof ist, das ist ein Geschenk Gottes. Grad ist sie fort. Die Steffa hat sie geholt, als der Krampf da war. Die Rosemarie hat heilende Händ. Sie legt sie mir auf die Stirn und wartet mit geschlossenen Augen, und sie redet mit Gott. Ich weiß es. Was für ein armes Leut wär ich ohne die Rosemarie!

Bastian, wir hätten den beiden ihr Glück lassen sollen, dem Veit und der Rosemarie. Der Bub ist ein ganz anderer Mensch geworden!

Ich glaub, ihm wär's recht, wenn unser Jakob lange im Krankenhaus liegen müßt – wenn er selber oben auf der Roß- und Buchsteinalm einspringen könnt.

Er geht an seiner Bäuerin vorbei wie an einer Fremden. Wie mich die Steffa mal hinausgeführt hat, da hab ich's gesehen."

Der Kopf des Trollervaters tat einen armseligen Nicker.

Sagen wollte er nichts. Wie ein Felsbrocken lag seit dem Hochzeitstag des letzten Trollers die Erkenntnis auf ihm, daß es unrecht war, sich zwischen zwei Menschen zu stellen, die nicht mehr ohne einander leben wollten.

Arbeiten tat die Traudl für drei, aber es war, als sehe der Veit das nicht. Gar so arg sollte er sie nicht zur Seite stellen.

Das gab kein Gespann auf Lebenszeit. Den Jungen galt nicht einmal mehr der Schwur vor dem Altar.

Ja, das war eine starke Kraft gewesen – generationenlang. Sie hatte manch einem bremsigen Isarwinkler, der seiner abgeblühten Bäuerin überdrüssig geworden war, Zügel angelegt.

Er war nicht ausgeschert, der Friede am Hof war geblieben, der Respekt vor der Ehe auch, und die Kinder hatten ein Beispiel gehabt an Vater und Mutter.

Die Jungen von heute hielten die Hochzeit für eine längst veraltete Zeremonie, nicht für mehr. Es war viel mehr! Es gab im kleinsten Dörfl hin und wieder eine Bäuerin, die das ganze Jahr von ihrem Bauern kein gutes Wort, keinen warmen Blick erfuhr, jedes Jahr mehr Pflichten übernahm, obwohl ihre Kraft kleiner wurde – wie hätte sie durchhalten können ohne das geheiligte Jawort vor dem Altar.

Warfen nicht die Jungen eine schwere Ehe hin wie ein nasses Handtuch und versuchten es mit einem andern, und die Kinder, die Unschuldigen, die Lastträger, fanden sich nicht zurecht und verdarben.

Vielleicht, vielleicht, daß es besser wurde mit den beiden, wenn erst das Kindl da war, das Kindl!

Vom Kirchturm schlug es die neunte Stunde. Die Sonne war hochgestiegen, und der seidenfeine Dunst über dem Isartal war nicht mehr da. Als ob die ganze Schöpfung rings ausgebreitet sei, um des Schöpfers Herrlichkeit und Allmacht zu preisen, schwieg das lärmende Lied der Mähmaschine auf der nahegelegenen Wiesmahd.

Der Bastian Troller, der am Fenster seiner Ehkammer stand und hinausschaute in all die Herrlichkeit, spürte es zum tausendsten Mal warm auffluten in der Herzgegend. Er wollte sich eben zurückwenden zu seiner Bäuerin, da traf ihn vom Straßl herauf, das am Hof vorbeiführte, eine fröhliche Männerstimme:

„Trollerbauer, grüß dich Gott! Wie geht's?"

Kraftvoll war die Stimme und verriet ein heiteres Herz.

„Der Hermann von der Pfalz ist wieder da! Mutter, muß schnell zu ihm 'nunter!" Die Trollermutter nickte einverstanden und rief ihm noch nach:

„Sag auch von mir einen Gruß, und ist seine Frau Hilde auch dabei?"

Aber der Trollerbauer hörte es nicht mehr. Grad, daß er ihn noch erwischte, den Mann aus der Pfalz, den Feriengast und längst halben Gaißacher.

Im Jahr fünfundvierzig war es gewesen, als das ‚Tausendjährige Reich' zerbrach und seine Söhne in die engere, zerbombte, ausgeblutete Heimat zurückwandern hieß.

Der junge Gefreite Hermann Maupai war übers Plumpsjoch her in die Eng gekommen, abgekämpft, ausgehungert und müd bis auf den Grund seiner Seele. Das alte Fall hatte er noch erlebt, an der wilden und reißenden Isar, dieser Karwendltochter. Neun Häuser waren es nur und einige Blockhütten, wo die Stammarbeiter hausten, aber es umfing das Herz eines jeden, der es liegen sah unter Gottes Himmel, mit einem Zauber, der nie verblaßte. Die beiden bayerischen Dichter Ludwig Ganghofer und Ludwig Thoma hatten es geliebt als Kostbarkeit, die unverlierbar war.

Der junge Heimkehrer Hermann Maupai empfand dieses Berg- und Jägerdorf in seinem Frieden wie ein verstecktes Eden. Ein wahres Paradies. Er nahm es mit sich, dieses paradiesische Bild, wanderte mit ihm an der glasgrünen Isar entlang, begleitet von tausend Stimmen der Waldvögel und dem Rauschen der Wälder.

Lenggries lag wie ein verschrecktes Kind am Isarufer. Es hatte nicht mehr gekämpft, als die Sieger ins Dorf donnerten. Es waren mehr als genug gestorben. So war es, abgesehen von einigen Bränden, davongekommen, bis auf die vielen Söhne und Väter, die aus dem Inferno des Weltkrieges nie mehr heimgekommen waren.

Es war noch ein weiter Weg bis in die heimatliche Pfalz, und der junge Feldzügler bat im Dorf Gaißach an der Tür eines Bauernhofes, bescheiden, als wär er ein Schuldiger, um ein einfaches Obdach.

Ein Jakob Gilgenreiner, Hofbesitzer zum Matzen, streckte ihm die Hand hin und sagte, als wär er sein Freund:

‚Kannst bleiben! Geh in die Kuchl zur Frau – Hunger wirst auch haben!'

Und es war jeden Sommer, den Gott gab, der Hermann Maupai, geachteter Kämmerer und Geldwalter seiner Heimatstadt in der Pfalz, Feriengast beim Jakob Gilgenreiner, Ehrenbürger seiner Gemeinde Gaißach, der er achtunddreißig Jahre lang gedient hatte.

Und wenn Frau Rosl den Hermann von der Pfalz, der dieser für alle Gaißacher in all den Jahren geworden war, mit seiner immer noch attraktiven, lebensfrohen Frau Hilde, auf das Haus zukommen sah, so ging die Sonne auf im Herzen derer vom Matzenhof.

Das ging dem Trollervater durch den Kopf, während er eilends die kurze Strecke zum Sträßlein hinunterhastete, um den Hermann, den zum Freund gewordenen Pfälzer, ja nicht zu versäumen.

Da standen sie nun, beide alt geworden, aber nicht kraftlos.

Und sie maßen sich, wie Brüder sich messen, die sich lange nicht mehr gesehen haben. Und es erkannte der Hermann aus der Pfalz, daß sich um den Mund des Trollerbauern bittere Linien zogen, die er im vergangenen Jahr noch nicht bemerkt hatte.

Eben noch wollte er Glück wünschen für die Zeit des Austrags, aber ein feines Gespür hielt ihn ab davon.

Hermann Maupai löste seinen Blick vom Gesicht des Altbauern vom Trollerhof, streckte seinen Arm aus und ließ ihn kreisen.

„Bastian“, sagte er, „Bastian, was immer auch quer geht, schau dir das an ringsum. Wer in so einer Welt leben darf, der hat wenig Recht, aufzubegehren.“

„Komm“, sagte da der Bastian Troller, „komm, setzen wir uns ein bissel auf die neue Bank, die du gestiftet hast, mich druckt was – vielleicht kannst du mir einen Rat geben.“

*

Als die Rosemarie ihr Sachl auf Hochglanz gebracht hatte, nahm sie den Rechen von der Scheunenwand und ging mit ihm zur Wiesmahd des Trollerhofes hinüber. Die junge Bäuerin hatte eben den letzten Schnitt getan und koppelte den Bulldog mit dem neuen Grasstreuer zusammen. Da ist es gut, wenn anschließend die Grenzen sauber gerecht werden, und Rosemarie wußte, daß die Steffa heut große Wäsche hatte und für die Feriengäste vorrichten mußte.

Aber bloß mit Wundern und Nachsinnieren wird Gras nicht zu Heu.

Mit ihrem leichten Schritt, den Rechen geschultert, blieb sie stehen neben dem Gefährt, und die Traudl Troller, geborene Emmenrieder, schaute ihr großäugig ins blutübergossene Gesicht.

„Ich – ich möcht dir ein bissel helfen, Trollerin – ich bin Euch was schuldig. Das schöne Kanapee – kann's jetzt grad brauchen, wo mein Vögelchen kommt."

„Deswegen brauchst nicht helfen, Nachbarin. Mir ist mein Lederkanapee lieber. Paßt auch besser in eine Bauernstube mit Hirschgeweihen und Rehkronen. Hab denkt, der Alte kommt mit dem Rechen, aber der ist lieber spazierengangen!"

„Nimm's ihm nicht übel", sagte die Rosemarie. „Er hat den Hermann aus der Pfalz halt gern. Ich mag ihn auch, kenn ihn schon von klein auf. Er ist eigens nach München g'fahren, als mein Vater – als mein Vater in der Entwöhnungsanstalt gewesen ist. Das vergeß ich ihm nie."

Die junge Trollerbäuerin betrachtete die bildsaubere Nachbarin mit Staunen. Die Unschuld, die diese ausstrahlte, war geradezu spürbar. Darauf konnte man schwören: Das Dirndl, das da zu ihr aufschaute, hatte noch keiner angerührt. Die wußte mit ihren siebzehn Jahren noch nicht, warum es zweierlei Menschen gab.

Etwas wie Zuneigung rührte sie plötzlich an. Der brandrote Haß, der sie durchstürmt hatte, als der

Veit von seiner Liebe sprach zu dieser Zunderer Dirn, war lange verebbt. Es war vierzehn Tage her, daß sie oben am Kammerfenster gestanden und hinübergeschaut hatte über das Tal und die Isar ins Dorf Wackersberg und sich aufgewühlten Herzens gefragt hatte, ob es recht gewesen war, daß sie auf der Heirat mit dem Troller Veit bestanden hatte. Ob es nicht besser gewesen wäre, sie hätte das lästige Bleibsel in einer Münchner Klinik beseitigen lassen. Kindergeplärr war ihr schon als Schulmädel auf die Nerven gegangen. Sie war lebensfroh bis zur Ausgelassenheit, und die Liebe zum anderen Geschlecht war ihr angeboren. Um ihren Vater, den Emmenrieder Hofbesitzer, hatten die Mägde im Dorf einen Bogen gemacht. Wäre die Mutter nicht eine gottesfürchtige Frau gewesen, die dem Ja vor dem Altar nicht wortbrüchig werden wollte, hätte es Mord und Totschlag gegeben auf dem Emmenriederhof.

Eines war sicher: Lange machte sie das nicht mit, wie eine Nonne zu leben. In einer Art dumpfen Tastens erahnte sie, daß dem Veit mit der sogenannten großen Liebe etwas begegnet war, was ihr fehlte, weswegen sie ärmer war.

Dieses Dirndl da, das zu ihr aufschaute, als müsse es ihr was abbitten, wußte vielleicht um den Zauber einer großen Liebe. Aber wie war es dann möglich, daß ihre Augen sie anzusehen vermochten ohne Neid, ohne Haß? Sie hatte ihr doch den Mann weggenommen, mit dem sie versprochen war.

Der dem Emmenriederbesitz zunächst liegende Zaudererhof besaß eine einzige Tochter, die bei den Ursulinen allerhand gelernt hatte. Die hatte ihr einmal die zarteste Liebesgeschichte der Welt zum Lesen gegeben. Es war eine Liebesgeschichte aus Norwegen gewesen. Aber sie hatte nichts damit anfangen können.

Es sträubte sich ihr ganzes Wesen dagegen, daß zwei Menschen nacheinander verlangten und dennoch jeder von ihnen seiner Wege ging. Daß nur das Denken, das Sehnen allein ihr Leben erfüllte, der Glückshunger nach dem Tag, da sie sich einmal jährlich in der Stille der norwegischen Berge trafen und dieses Sich-sehen als das höchste Glück ihres Lebens empfanden.

Die Emmenrieder Traudl war aus gröberem Stoff, keiner hatte das Recht, sie darum geringer zu schätzen.

Aber es könnte dieses Zunderer Dirndl verwandt mit den beiden Liebenden aus Norwegen sein.

So unschuldig, wie sie noch war, so anspruchslos und dankbar.

Da der Winter in Wackersberg lange anhielt und sie selber vom Spinnen und Stricken nicht viel hielt, griff sie an manchem einsamen Abend nach einem Buch, das ihr eigenes Lebensbild untermauerte.

So lernte sie den Leiter der Lenggrieser Lesestube, den pensionierten Polizeikommissar Huber kennen, den Mann, der mit wahrer Hingabe seines Amtes waltete.

Er hatte es sich zur Lebensaufgabe gemacht, besonders der heranwachsenden Jugend das rechte Rüstzeug fürs harte Leben in die Hand zu drücken. Keine Überstunden waren ihm zuviel, keine zeitraubende Korrespondenz zu mühsam, wenn er für einen Studierenden kostenlose Fachliteratur zu suchen hatte.

Der heute so idolarmen Jugend drückte er mit feinem Gespür für ihre Sehnsüchte und Nöte die rechten Kameraden in Buchform in die Hände, und dies immer mit einem fröhlichen, aufmunternden Begleitwort.

Wenn schon seine riesige Lesestube – dank der Großmut der Gemeindeführung – ein Musterbeispiel an Vielfalt gehobener Literatur repräsentierte, so setzte seine Frau dem noch die Krone auf, indem sie die jeweiligen Gezeiten und Höhepunkte des Jahres mit ihrem und ihrer Gehilfinnen Kunsthandwerk verschönte.

Es war ein Erlebnis, so ein Besuch in der Lenggrieser Lesestube, und die Traudl Emmenrieder scheute den Weg dahin nicht.

Eben in diesen Minuten, da sie das unschuldige Mädchenantlitz der Rosemarie betrachtete, nahm sie sich vor, für diese die zarteste Liebesgeschichte der Welt, ‚Goliath' von Weber, besorgen zu lassen und sie ihrer jungen Nachbarin zu schenken.

Aus der wohltuenden Vorfreude ihres Schenkenwollens heraus sagte sie vom Sitz des Bulldogs herunter:

„Rosemarie, wenn ich wieder von Lenggries heimkomme – am Freitag muß ich hin –, dann bring ich dir was mit, was dich freut!“

Die Augen der Rosemarie wurden feucht. „Bist mir doch nichts schuldig, Trollerin“, sagte sie einfach. „Aber jetzt muß ich was tun! Man muß die Sonn’ nützen.“ Und sie ging mit ihrem leichten Schritt der Mahdgrenze zu.

Oben auf Roß- und Buchstein saß spät am Abend Veit Troller auf der altersgrauen Bank vor seiner Almhütte. Es war ein heißer Tag gewesen, der Südwind war übers Karwendel herübergekommen, drückend, als sei er in der Wüste daheim.

Seine fünfundzwanzig Kühe, darunter vier trächtige, standen noch unweit der Almhütte, weil er sie eben erst gemolken hatte.

Der Almer, des Trollerhofs langjähriger Knecht, war nahe an die siebzig und schaffte es noch, zweimal am Tag etwas mehr oder weniger als hundertfünfzig Liter Milch zu melken und zu verarbeiten.

Auf ihn war Verlaß wie auf Sonne, Mond und Sterne. Nun aber lag er im Krankenhaus Tölz, und die Ärzte wußten nicht, wann sie ihn geheilt entlassen konnten.

Die Rosemarie hatte ihm versprochen, daß sie ihn besuche, ihm sein geliebtes Tabakpackerl mitbringe und eine Flasche vom besten Wein.

Es war ein gutes Denken an diesen getreuen Knecht Jakob. Er trug den Hoferben schon auf dem Arm als er das Reden lernte und lehrte ihm auch die Liebe zu allem Getier.

Bis heute hatte der Veit das behalten, und sein Sorgen ging darum, wie es dem alten Vertrauten erging.

Wäre jetzt die Rosemarie seine Bäuerin, so tät er morgen früh seine Kuahlan eine Stunde früher als alltags melken, die Milch entrahmen, die Butter kugeln und die reifen Stoozkaas auf dem Anhänger seines Motorrads verstauen und mit nach Lenggries nehmen. Aber so heim zu dieser Frau, zu dieser Traudl, lieber zahlte er dem Nachbaralmer, der mit dem Jeep heraufkam, eine halbe Tagschicht, daß er alles mitnahm.

Wieder, wie so oft, füllte sich sein Mund mit Bitterkeit, als habe er Myrrhe getrunken, wenn er an die Traudl Emmenrieder dachte, die ihn um sein Glück betrogen hatte. Einen Mann, der einen Schoppen zuviel trank, legte eine anständige Frau nicht herein.

Dazu war es absolut ungewiß, ob das Kind, das sie trug, auch wirklich von ihm stammte.

Die Abendkühle stieg vom Tal herauf, der Isarwind, der sie mit sich trug, tat wohl. Die Almruh ringsum, die Bergeinsamkeit und ihr heiliger Friede wurden plötzlich spürbar und griff ans Herz.

‚Wenn jetzt die Rosemarie neben mir sitzen könnt – die Rosemarie! Müßt sein, als wär unsere Welt zum Paradies geworden. Alles gäb ich drum – meine Instrumente, mein Wirtshaushocken, wenn ich nur in ihr unschuldig's G'sichtl schauen könnt, so oft ich mag.

Ich spür's, ich könnt bei ihr ein ganz neuer Mensch werden. Sie könnt mich ummodeln ohne ein böses Wort. Ich seh alles mit andern Augen an, seit sie mir gesagt hat, daß sie mich gern hat.

Aber ein Jahr muß ich noch warten. Wenn das Kind da ist, laß ich mich scheiden.'

Als ob dieser feste Entschluß ihm Erleichterung brachte, stand der Veit auf und schaute zur Sandreiße hinüber. Ein tiefer schmaler Graben schied sie, und unweit vom Graben stand die erstorbene, vielhundertjährige Ulme, auf welcher ums Lanksen der Auerhahn Hochzeit hielt.

Man muß es erlebt haben, dieses Hochzeiten des Urhahns.

Es fällt einem ins Blut wie eine der seltenen Köstlichkeiten, die das Leben zu geben hat. Und der Veit erinnerte sich:

Er hockte auf einem bemoosten Baumstumpf und wartete. Die ersten silbergrauen Taster des jungen Tages schoben sich noch scheu und zag an den östlichen Bergen empor. Es war als ob ein Atmen rings hörbar wäre. Eine Bergdrossel schluchzte als erste auf und begrüßte den Morgen.

Dann rauschte es über das Latschicht hinweg auf den blitzgespaltenen uralten Ulmeninvaliden. Noch stand der Morgenstern sichtbar am Firmament. Der schmale Wildbach, der zum brüllenden Vernichter werden konnte, war damals friedlich, und seine hurtigen Wellen sangen das Lied der Ewigkeit.

Der einsame Lauscher öffnete die Augen weit und richtete sie auf den dürren, armdicken Ast, auf den sich der Hochzeiter in all seiner flammenden Sieghaftigkeit niedergelassen hatte. Er war herrlich anzusehen!

Sein schwarzgrün schillerndes Gefieder mit den schneeweißen Randfedern plusterte sich auf, als ob nur Lebenskraft und Lebenslust sie durchstürme. Den ersten Lustsprung wagte der Hahn, fast armlang verließ er den sicheren Standplatz, so wonnevoll war ihm ums Herz, daß er die Geborgenheit der Baumwelt nicht mehr nötig hatte.

Er warf seinen herrlichen Kopf mit den blutroten Rosen empor, ein abgehacktes Kullern, gleich Perlen an eine Schnur gereiht, kam stoßweise aus dem lustgeblähten, schwarzgrün schillernden Hals, dann verstummte er jäh. Und dann der Tanz! Hin und zurück – hin und zurück. Ein noch höherer Sprung in die Luft und noch inbrünstiger, noch lustgepeitschter das Kullern. Dann weitete sich der Brustkorb, als ob alle Wonne der Welt ihn zu sprengen versuchte.

Der Lichtschimmer des erwachenden Morgens hatte sich verstärkt, nebelfarben stieg der Tag herauf. In ihn hinein fiel das ‚Gloria Dei' der Urhahnbalz. Es war ein Schluchzer der Lebenslust, ein weicher Trommelschlag göttlichen Zeugungswillens. Ein dumpfer Schnalzer höchster Begierde, alles in einem. Viele solche Hochzeitsfanfaren schickte der Brünstige durch den geblähten Hals hinaus in die wundervolle, düfteschwangere Morgenluft.

Und der kraftstrotzende Hochzeiter weiß nicht, daß er beim Klang seiner höchsten Begierde blind und taub wird, daß er es weder sehen noch hören konnte, wenn ein Jäger das Todesrohr auf ihn gerichtet hätte.

Unter der Blitzulme standen die Hennen mit gerecktem Hals, den herrlichen und einzigen, den Mann ihrer Sehnsucht, betrachtend.

Mit dem Rauschen des Triumphes ließ er sich niederfallen, genau zur Minute, als der erste Sonnenstrahl emporstieg und der Wald erfüllt war vom Danklied aller größeren und kleineren Sänger. Da deckte der Urhahn unter der alten Ulme seine vier Hennen, auf daß sie sein rar gewordenes Leben weitertrugen.

Immer noch erfüllte es den Veit Troller mit einer Art Glück, daß er damals seinen Stutzen nicht dabei gehabt hatte und den letzten Auerhahn auf dem Roß- und Buchstein nicht in den Tod schicken konnte.

Wenn die Rosemarie sein geworden war, so würde er sie heraufführen auf seine Alm, sie würden nah beieinander sitzen und gemeinsam warten in der Morgenkühle auf das einfallende Rauschen des

Urlaubs. Sie würden seine Hochzeit erleben, und die Qual der Sehnsucht würde nicht mehr in ihnen brennen, sondern bereits Erfüllung geworden sein.

Als ob das Universum teil hatte an seinem inneren Menschen, brachen die Sterne wie goldene Blumen am Himmelszelt auf – tausende, hunderttausende, gleich der goldenen Aussaat auf einer Löwenzahnwiese.

Und bewußter, intensiver als vor seiner Liebe zu Rosemarie überkam den Veit in seiner Almeinsamkeit ein bis dahin Ungekanntes: eine tiefe Demut, zugleich ein Hochgefühl, Kind dessen zu sein, der die unermeßliche Schönheit um und über ihm geschaffen hatte.

*

Mit dem Anstreuen und dem Rechen waren beide Frauen auf der Trollerhofmahd zur selben Zeit fertig geworden.

Die Sonne war hochgestiegen, und die Millionen Blüten, die sterbend auf dem Wiesgrund lagen, verströmten als letzte Gabe ihre hundertfachen Düfte.

Die Trollerin schaute schnell über das Flußtal hinweg hinüber nach Wackersberg, wo der Emmenriederhof als einer der größten und schönsten Höfe seinen Platz behauptete. Sie wunderte sich, daß der neue Pächter noch nicht mit dem Mähen begonnen hatte und nahm sich vor, nach der Stallzeit schnell mit dem Wagen hinüberzufahren.

Dunkel, im hintersten Winkel ihres Bewußtseins, stand da ein Mann wie ein kraftstrotzender junger Baum, einige Jährlein jünger als sie selber, dem sie ihren Besitz zu treuen Händen übergeben hatte.

Eine wesentlich ältere Halbschwester, freudlos und verbittert, führte ihm die Wirtschaft.

Traudl hatte sich, bevor sie den Pachtvertrag unterzeichnete, auf den abgelegenen Einödhof in der Nähe Miesbachs begeben und sich dort umgesehen. Und es hatte ihr der alte Bärenlapphof in allem gefallen.

Die Familie Haberer, die seit zweihundert Jahren ihren Besitz vergrößert hatte, war in Ordnung. Das sagte ihr das allzeit sichere Gespür für die Menschen, die mit einem Bauernhof verwurzelt waren.

Die Haberermutter, die Altbäuerin, begrüßte sie in ihrem schmucken Anbauhäusl, und Traudl sah ihr an, wie glücklich diese darüber war, daß ihr Jüngster und Liebster – er kam nach zehnjähriger Unterbrechung und keineswegs geplant – nun selbständiger Bauer sein konnte. Vorerst nur als Pächter, aber weiß man, was das Schicksal mit ihm vor hatte?

Sie waren sich bald einig geworden über Pachtsumme und Verpflichtungen, und nun wirtschaftete der Toni auf dem Emmenriederhof und tat das mit Inbrunst und so, als ob er ihm gehöre.

*

An der Mahdausfahrt stand die Rosemarie mit ihrem Rechen und lachte der Trollerin ohne Hinterhalt zu.

„So wie die Sonn heute schafft, kannst bald zum zweitenmal den Bulldog einspannen, Nachbarin!“

„Ja“, sagte diese gutgelaunt. „Ich laß den Streuer gleich angekoppelt, dann können wir zwei miteinander heimgehen. Wenn du, Rosemarie, nicht die ganze Zurecharbeit gemacht hättest, wär ans Heimgehen nicht zu denken.

Und ob die Steffa, der Trampl, in den Gastzimmern nichts vergessen hat, ist eine Frage. An die Steffa muß ich mich erst g'wöhnen!“

Über das durchsonnte, feine Gesicht der Rosemarie legte sich ein Schatten. Und sie sagte spontan – obgleich sie darüber erschrak: „Bäuerin, solltest nicht so reden von der Steffa. Recht besehen ist sie doch ein armer Mensch. Ein Waisenkind, aufgezogen ohne Liebe. Ihr einziges Glück, daß sie zur Trollermutter auf den Trollerhof gekommen ist als Anlernmagd. Von da an hat sie es gut g'habt. Aber ich mein, so wie sie aussieht, die Steffa, an Mann und Kinder darf sie wohl nie denken. Und das, glaub ich, ist für eine Frau doch das Wichtigste im Leben.“

Ein harter, mißtöniger Lacher schrillte auf, und die Trollerin tat einen großen Schritt auf die schmale Gestalt der Rosemarie zu.

„Jetzt muß ich dich doch genau ansehen, Nachbarin“, sagte sie, „bist doch das sonderbarste Weibsbild, das mir je begegnet ist.

Wenn du das weißt, daß das für ein Frauenzimmer das Wichtigste ist in der Welt, warum hast du dich dann nicht zur Wehr g'setzt, wie ich darauf bestanden hab, daß mich dein Veit heiratet?"

Das Gesicht der Rosemarie wurde von einer Blutwelle übergossen. Aber ihre großen aufrichtigen Augen richtete sie tapfer auf ihr Gegenüber, und ihre Stimme verriet, daß sie aus tiefstem Herzensgrund kam.

„Trollerin, ich lüg dich nicht an. Wenn du es schon wissen willst, es ist mir ums Kindl gegangen. Heut darf man ja ein Kind umbringen lassen im Mutterleib, kann sich ja nicht wehren, so ein Würml, ein armes!

Vielleicht hättest du es auch so gemacht, und das hab ich befürchtet.

Dann hab ich mir vorg'stellt, wie schön es werden wird, wenn euer Kind oben am Trollerhof kräht und lacht, und ich darf vielleicht doch hin und wieder schnell hinaufspringen zur Trollermutter ans Krankenbett und kann das Kindl herzen. Wenn ich schon mein Leben lang nichts hab vom Veit, so kann ich mich doch an seinem, an eurem Kindl mit freuen."

Immer größer, immer verwunderter schaute die junge Trollerin die Rosemarie an. In ihrem Kopf wirbelte es. Sie konnte nicht begreifen, was dieses Engelsbild da vor ihr gestand.

„Ja, sag einmal, Rosemarie, geht's dir wirklich bloß um ein Kind? Drängt's dich nicht auch zum Mann – zu dem zuerst?

Ums Kind ist's mir nie gewesen. Aber alle paar Wochen brauch ich ein Mannsbild, das mich richtig anpackt. Die sogenannte große Liab hab ich nie kennengelernt. Daß sich einer umbringt aus Liebeskummer, werd ich nie verstehen. Andere Mütter haben auch noch Söhne."

Jetzt verschnaufte die junge Trollerin, sie war mit ihrer Verwunderung richtig in Fahrt gekommen. Begreifen konnte sie das Empfinden der Rosemarie nicht, aber sie verspürte plötzlich etwas wie Zuneigung zu diesem Geschöpf mit den Augen eines unschuldigen Kindes.

Und sie sagte wie ein Freund: „Rosemarie, wenn aber der Veit anders denkt wie du, der Veit gehört zu den Brandigen, so klopft er bald an dein Kammerfenster, weil er es ohne das nicht mehr aushalten kann.

Um mich, seine Bäuerin, macht er ja einen Bogen. Er hat mich auch in der Hochzeitsnacht nicht ang'rührt und schlaft seitdem in der Bubenkammer. Das ist fast noch windiger, als daß er mich hätt sitzenlassen mit einem ledigen Bankert. Nachlaufen tu ich ihm nicht. Eher laß ich mich später mit einem anderen ein.

Du bist gut zum Anschauen, Rosemarie. Verstehen kann ich den Veit, daß er verliebt ist in dich und mit dir leben will – und das nicht nur für ein Viertelstündchen.

Und wenn du der alten Bäuerin hie und da helfen willst mit deinem Samariterinneng'schau, ich hab nichts dagegen. Verwehr dir den Zugang zum Trollerhof nicht. Und wenn du deine Freud hast an dem – dem Bankert, der da auf die Welt kommen will. Mir kann's recht sein."

„Sag, o bitte, sag nimmer Bankert, Trollerin! Das ist ein Schimpfname für ein unschuldiges Menschlein. Sag's nimmer, ich bitt dich!

Ich schau von meinem Zundererersachl herauf seit Wochen und seh, wie du schaffst und keine Arbeit dir zuviel wird. Ich hab Respekt vor dir.

Wenn du auch anders bist als ich – nie hätt ich's fertig bracht, einer anderen den Liebsten wegzunehmen. Ich will aber darum nicht besser sein oder mehr wert – der Herrgott hat wohl jeden anders erschaffen –, du bist die beste Bäuerin für den Trollerhof. Und sollte der Veit in seiner Sehnsucht zu mir ans Kammerfenster kommen, so sag ich ihm das, und daß er es bedenken soll, und anrühren wird mich dein angetrauter Mann nicht, das versprech ich dir. Es muß auf unsrer Welt alles seine Ordnung haben, so mein ich. Vor allem andern eine Ehe. Sie ist der Wurzelstock, der in gesundem Erdreich stehen muß, aus dem die Kinder kommen. Nur so kann Wärme und Zufriedenheit unter unsern Hausdächern sein."

Nun schwieg die Rosemarie, und die Trollerin schaute sie an mit unverhohlenem Staunen.

Sie beide standen nebeneinander, im Wunder eines Sommermorgens, der klarer und vollkommener nicht sein konnte.

Einen guten Steinwurf entfernt, balzte auf der Mahdlinde liebestoll ein Wildtauber.

Frei lag das herrliche Land, wie mit blauer Seide überdacht, in welcher hin und wieder eine kleine, schneeweiße Wolke segelte.

„Schön ist's bei uns, gell, Trollerin?" Die Rosemarie sagte es, und ihr bildsauberes G'sichtl war voller Andacht.

Da brach aus der Brust der derberen Emmenriedertochter ungewollt das Bekenntnis: „Ein strammes Mannsbild g'fällt mir noch besser, Rosemarie! Aber jetzt lassen wir die Sonne schaffen und gehen miteinander heim, und die lieben Mitmenschen können sich ihre Mäuler zerreißen darüber, daß es doch ganz aus der Weis' ist, daß eine, die der bravsten Dirn vom Ort den versprochenen Mann weggenommen hat, mit dieser in aller Eintracht zusammen schafft und dann heimgeht.

Wenn du mir auch ein Rätsel bleibst, Rosemarie, eins will ich dir als Ältere sagen:

Frag nie nach dem, was die Leut über dich schwatzen. Tu alles nach deiner Meinung und nach deinem Gusto!

Der Mensch lebt bloß einmal. Er muß sich vom Leben nehmen, was er nehmen kann. Geschenkt wird keinem was."

Auf diese Rede hätte die Rosemarie was Grundlegendes zu sagen.

Aber sie kam nicht dazu. Die Anhöhe herauf brummte ein Straßenkreuzer, und ein kleines Mädchen im rosa Sommerkleidchen winkte mit beiden Ärmchen, und ihr helles Stimmchen war bis herüber zu hören:

„Tante Rosemarie! Tante Rosemarie!“

„Trollerin, sei mir nicht bös, jetzt heißt's sputen, mein Vögelchen aus Duisburg kommt! Meine Gloria! Hab sie erst morgen erwartet!“

Und fort war die Rosemarie. Wie ein Pfeil schoß sie über die Wiesmahd hin, und die junge Trollerin dachte wehmütig, mit leisem Neid gemischt:

‚Wenn ich doch auch bald wieder so springen könnt!‘

*

Eine seltsame Unruhe war in ihr zurückgeblieben. Sie konnte jetzt nicht mehr verstehen, daß sie seit ihrem Einzug auf dem Trollerhof manche Stunde der Nacht am Fenster ihrer Ehekammer gestanden war und hinuntergeschaut hatte auf das Zunderersachl. Daß Ingrimm, ja Haß, sie aufgewühlt hatten, wenn sie an die nahe Nachbarin Rosemarie dachte. Das ging bis zu Plänen des Rachenehmens.

Als ob die großen Kinderaugen dieses Dirndls das alles weggespült hätten, in der kurzen Zeit der Begegnung auf der Wiesmahd, so war ihr zumute.

Es war ein seltsam gutes Gefühl, das aufstieg von ihrer Herzgegend.

Drei Kammern waren bereit für die Gäste. Von einer Kammer aus konnte man über den langen

Gang hinaus auf den Vierzigmeterbalkon schauen, um den die herrliche Welt des Isarwinkels sich breitete. Etwas wie Stolz überkam die Trollerbäuerin, Herrin zu sein über zwei solch gleichwertige Besitzungen.

Aber in die aufkeimende Freude warf sich wie Hagelschauer das lähmende Wissen: ‚Was soll das alles! Mein Mann, der Bauer, geht an mir vorbei wie an einem Dienstboten, den man notgedrungen ins Haus hat nehmen müssen.' Etwas, was noch nie in ihr hochgekommen war, klopfte leise an.

Wäre es vielleicht anders, wenn sie doch mehr Wert auf die Achtung und den Respekt ihrer Mitmenschen gelegt hätte? Auf die ehrlich verdiente Achtung? Wenn sie nicht vom sechzehnten Lebensjahr an jedes kernige Mannsbild danach beurteilt hätte, ob es sich lohnte, mit ihm in die Stauden zu gehen?

Noch nie vorher hatte sie darüber nachgedacht, was ein Mann wohl empfand, wenn die Burschen seiner jungvermählten Frau nachgrinsten. Und er konnte nicht hingehen und ihnen eins über die Löffel geben!

Hatte das Althergebrachte vielleicht doch etwas für sich?

Die Traudl blieb mitten auf der läuferbelegten Stiege stehen, so sehr durchstürmten sie diese ganz neuen Gedanken.

Und es leuchteten in der Verwirrung ihrer Gefühle die unschuldsvollen Augen der Rosemarie auf. Augen, die keine Anklage kannten, kein Verurteilen, die nur voll tiefen, heiteren Friedens waren.

Ein Ahnen kam sie an, daß es zweierlei Liebe geben mußte, aus ganz verschiedenen Welten kommend.

Und sie erkannte, daß sie von der einen, die aus der Selbstlosigkeit kam, die vor allem den Partner fürs Leben glücklich sehen wollte und dann erst sich selbst, ausgeschlossen gewesen war bis zum heutigen Tag.

War vielleicht dieses andere Lieben, das der leichtlebige Veit Troller bei der Kleinhäuslerin Rosemarie Zunderer gefunden hatte, der Grund seiner totalen Wandlung?

Noch nie hatte der Veit Troller die Arbeit angepackt wie er es heute tat. Noch nie hatte er es vordem länger als drei Tage ausgehalten ohne Wirtshausbesuch.

Die Trollerin stand immer noch auf der Stiege und wunderte sich, daß solche Gedanken ihr im Kopf umgingen. Die Steffa hatte die Gangtür des Oberstocks offengelassen. Da vermeinte sie, daß durch die Tür der Kammer, in der die Altbäuerin lag, ein zaghafter schwacher Ruf gekommen sei.

Bis heute hatte sie solchem Ruf der Leidenden noch nie Gehör geleistet. Die Alte wurde von der Steffa versorgt.

Kümmerte sich vielleicht ihr Sohn um sie, seine Bäuerin und Frau?

Wieder zitterte der kraftarme, leise Ruf nach der Steffa durch die Tür.

Die junge Trollerin blieb unentschlossen stehen. Die Rosemarie ginge jetzt hinein in die Kammer und tät fragen, was fehlt.

Als ob der Gedanke an dieses seltsame Dirndl eine heimliche Macht ausübte, wendete sich die Lauscherin und ging mit zaghaften Schritten der Kammertür zu. Sie öffnete diese leise in großer Verwunderung über sich selbst.

Die Altbäuerin saß mehr, als daß sie lag in ihren Kissen und hatte die Hände gefaltet. Ihr blutleeres Gesicht war harten Zuckungen preisgegeben, die Augen waren weit aufgerissen, stumme Ankläger einer gepeinigten Kreatur.

Als die Trollermutter die Schwiegerin erkannte, rannen Tränen über ihre abgezehrten, bleichen Wangen.

„Brauchst was?“ Das Wort Mutter brachte die unerwartete Besucherin nicht über die Lippen.

Etwas wie ein armseliges Lächeln versuchte sich im abgezehrten Antlitz der Greisin. „Die – die Rosemarie soll kommen, bitt gar schön!“

„Ich hol sie dir gleich. Sei ganz ruhig!“

Die Trollerin wunderte sich, wie gewandelt ihre Stimme war – fast weich. Das Harte, das seit der Hochzeitsnacht in ihr aufgestanden war gegen alle Trollerleut, war nicht mehr spürbar. Etwas anderes hatte von ihr Besitz genommen, etwas ganz Neues, ihr vollkommen Unbekanntes.

Sie warf noch einen schnellen Blick nach der alten gequälten Frau und verließ schnell die Kammer. Dann hastete sie die Stiege hinab und schrie mit gellender Stimme zum Zunderersachl hinunter.

Da stand die Rosemarie und ließ mit beiden Armen ein Dirnei hoch über sich fliegen, fing es wieder, und das Dirnei lachte, daß ihm der Atem ausging.

Die Stimme der jungen Trollerin ließ sie innehalten.

„Rosemarie, komm schnell! Die Al... die Trollermutter braucht dich!"

Die Rosemarie packte ihr Vögelchen unter den Arm und nahm es so die Anhöhe mit hinauf. Allein wollte sie das Kind nicht zurücklassen. Ihr Vater und seine eben angetraute junge Frau, die frühere Oberschwester Claudia, waren bereits weitergefahren nach Süden ins Hochzeitsglück.

Ohne Atem kam sie mit dem Kind an der Hand in die Krankenstube.

„Schmerzen", sagte die Trollermutter, „bloß Schmerzen!"

Die Rosemarie setzte Gloria auf den Stuhl neben dem Bett und zog einen zweiten heran, auf dem sie selber Platz nahm.

Sie wußte, daß das, was sie jetzt zu tun hatte, viel Kraft von ihr verlangte. Ihre beiden Hände legte sie lind und zärtlich auf die wachsbleichen Wangen der Leidenden, schaute sie voll Liebe an und sagte beschwörend:

„Trollermutter, gleich schlaft Ihr ein! Denkt noch an etwas Schönes – an ganz etwas Schönes, das in Eurem Leben gewesen ist. An Euren Hochzeitag oder wie Ihr den kleinen Veit heimgetragen habt auf den Hof. An so etwas."

Nun hatte die Rosemarie ihre Hände nicht mehr auf den Wangen liegen, nur noch eine Hand berührte das Antlitz, die Stirn der Kranken, welcher bereits die Augen zufielen. Rosemarie war, als ob alle Kraft aus der Herzgegend in ihren rechten Arm und die rechte Hand flossen.

Ihr Denken war ausgeschaltet. Ihr ganzes Sein und Wesen, ihr Wollen verströmte sich in die einzige Bitte, die wie eine Perlenkette ohne Ende war: ‚Vater im Himmel, ich bitt dich! Nimm ihr die Schmerzen! Vater im Himmel, ich bitt dich! Nimm ihr die Schmerzen!'

Die Rosemarie war zu einer einzigen Inbrunst geworden. Je öfter sie ihre Bitte in die Unendlichkeit schickte, um so ruhiger und tiefer wurde der Atem der Trollermutter. Es war, als ob der tiefe Schlaf bereits etwas Blut in ihr bleiches Antlitz pumpte.

Rosemarie spürte, wie sie von einer unsagbaren Anstrengung langsam befreit wurde. Jetzt erst gewahrte sie das Kind, das mit weitaufgerissenen Augen alles beobachtete und sich bis jetzt nicht gerührt hatte.

Sie legte den Finger auf die Lippen, nahm das Kind an die Hand und ging unhörbar über den Fleckerlteppich der Tür zu.

Als sie ihren Blick noch einmal auf die Kranke richtete, sah sie, wie diese mit geschlossenen Augen tief und mühelos Atem holte, wie die Zuckungen und Krämpfe sich gelegt hatten und ein Ausdruck unsagbaren Erlöstseins auf ihrem Antlitz ruhte.

Ein Gefühl vollkommenen Glückes erfüllte Rosemarie, wie immer, wenn sie einem Mitmenschen hatte helfen können.

Die kleine Gloria, die jetzt schon jedes Menschengesicht, das ihr nahe war, studierte, sagte überzeugt:

„Tante Rosemarie, jetzt bist du so schön, wie die liebe Jesuskindlein-Mutter über meinem Bett."

Vor der Haustür stand die junge Bäuerin und erschrak fast, als die wundersam friedvolle Ausstrahlung der Zunderer Dirn sie berührte.

Der Haß, der in ihr gebrütet hatte, schrumpfte noch mehr zusammen, und eine Art Erkenntnis, daß der Veit mit diesem Mädchen, und nur mit ihr, ein glücklicher, friedvoller Mann geworden wäre, legte sich um ihre Brust wie eine Klammer.

Derartige Anwandlungen kannte sie bis dahin nicht. Was du dir nicht nimmst, kriegst du nicht, war ihre Lebensdevise bis heute gewesen.

Noch nie hatte sich bei ihr das Gewissen gerührt oder eine Art Reue, wenn sie hörte, daß diese und jene feste Bindung sich durch ihr Dazwischentreten gelöst hatte.

‚Wer kann, der kann!' lachte sie schallend in ihrer groben Art und schickte ihre Blicke bereits wieder auf Wanderschaft.

Eine innere Unrast trieb sie jetzt zur Rosemarie.

„Es ist brav, daß du gekommen bist, Rosemarie. Du bist ein seltsamer Mensch! Und – und – ich kann den Veit auf einmal verstehen, seit ich dich näher kenn. Wenn's, wenn's nicht wegen dem Ban... wegen dem Kind wär, ging ich z'ruck auf meinen Emmenriederhof, und du könntest meinen Platz einnehmen."

Das Gesicht der Rosemarie überflutete eine Blutwelle. Tränen sprangen ihr in die Augen, und sie sagte inbrünstig:

„Aber dein Kindl, Traudl, dein Kindl mußt du dann lieb haben, mehr als alles auf der Welt! Kannst du mir das versprechen?

Weißt du, du bist mir seit heut kein bissel mehr fremd. Ein Mensch, der so schaffen mag wie du! Auch wenn er Kinder nicht so gern hat, wie ich sie hab. Um nichts bitt ich den Herrgott so mit Inbrunst wie um ein Kindl."

Die junge Trollerin schaute die Rosemarie an als wäre sie eines der sieben Weltwunder. Dann sagte sie, und es war ihr ernst damit: „Wenn der Veit Zicken macht, weil ich gehen will, zur Nonne hab ich kein Talent, und er will das Kind behalten auf seinem Hof, so laß ich es da. Aber nicht ihm zuliebe, sondern deinetwegen.

Fürs Lügen und Falschsein bin ich nie gewesen. Erstens geht's mir um den Mann, nicht um ein Kind. Und mir ist klar, daß es bei dir mehr Liebe findet als bei mir, seiner Mutter."

Die Rosemarie schluchzte auf, so erschüttert war sie. Sie zerdrückte die Hand der Trollerin fast in ihren beiden Händen.

Der Traum, daß sie den geliebten Mann mit reinem Gewissen eines Tages halsen durfte und ihm zeigen konnte, wie unermeßlich lieb sie ihn hatte, blendete sie fast, und ihr war wie einer vom Glück Verklärten.

Die kleine Gloria zwitscherte mit ihrem Vogelstimmchen:

„Tante Rosemarie, du hast mir versprochen, daß ich das Trudelchen bürsten darf und dann mit dir zu den Kindern ins Sanatorium gehe."

„Mein Liebling", Rosemarie drückte die kleine Gloria an sich, „du hast recht, jetzt wollen wir uns aber sputen!"

*

Der Sommerabend an den Ufern des smaragdgrünen Flusses legte den Mulden und Schattseiten den blausamtenen Mantel an, über dem leuchtenden Brauneckkreuz stand der Abendstern bereits am Firmament.

Um diese Stunde steuerte die Traudl mit sicherer Hand ihren Opel die Anhöhe hinauf zur Hohen Terrasse, die, versteckt über der Hügelstadt Bad Tölz, ihre Höfe sicherte.

Ihr Hof, der Emmenriederhof, lag, weithin sichtbar, auf einer ehemals abgeholzten Waldzunge, frei und nur vom eigenen Grund und Boden umgeben.

Die weite Wiesmahd stand geschlossen auf ihren Halmen, wär an der Zeit, daß der junge Pächter zu mähen begänne.

Sie sah ihn von der Auffahrt aus am Schuppendach werken, wo man doch bereits keinen Nagel mehr sehen konnte. Die junge Trollerin sprang aus ihrem Wagen und schrie nicht gerade freundlich:

„He, Pächter! Ist der Tag nicht lang g'nug g'wesen?"

Mit der Flinkheit eines jungen Katers hangelte sich der so Angerufene an der Dachrinne entlang und ließ sich gut drei Meter tief auf den Boden fallen. Die Trollerin hatte die beiden Scheinwerfer ihres Wagens noch nicht ausgemacht, sie fielen auf den späten Handwerker mit vollem Strahl.

Die Betrachterin hatte ihren Pächter in weniger großer Leibespracht in Erinnerung, war wohl deshalb, weil sie den Veit Troller noch wollte.

Er überragte sie fast um Kopfeshöhe, stand vor ihr wie ein Athlet. Sein dichtes Haar war gekraust, mit Wellen, als habe die Brennschere darin gewerkelt.

Das Gesicht war so geschnitten, daß man es lang und eindringlich betrachten mochte. Zwei Schultern, als ob sie Felsklötze tragen könnten.

Aus dem weit offenen, kurzärmeligen Hemd drängte sich der Brustpelz in derselben Farbe wie das Kopfhaar.

Was ihr aber am besten gefiel, das waren seine kräftigen, sehnigen Beine, zwei rechte Kraftprotzen.

Die alte Emmenrieder Freude an Kraft und Sinnlichkeit hüllte sie wieder ein, obwohl eine kleine Frucht in ihrem Schoß heranwuchs.

Wenn sich der in keine andere verknallt hatte, der könnt seinen Mann stellen, nicht bloß als Bauer. Die junge Trollerin dachte es, und ganz heiß stieg es auf in der Herzgegend.

Auch der junge Pächter hatte seine Besucherin eingehend betrachtet.

Die Hofbesitzerin war ein Bild prahlender Gesundheit. Von der könnte man Kinder kriegen, an denen man seine Freud haben könnt. Und der schuldenfreie Emmenriederhof könnte ohne Sorgen leicht an die vier Stück ernähren. Holz war genug da, in wenigen Jahren schlagbar, und die geschlossene Wiesmahd dürfte die schönste im Dorf sein.

Jammerschad, daß die Emmenriedertochter ein knappes Vierteljahr zu früh geheiratet hatte.

Aber was man so munkelte im Dorf. Soll nicht alles im Lot sein auf dem Trollerhof zu Gaißach. Aber es reden die Leut viel, wenn der Tag lang ist.

Der junge Pächter stand immer noch ohne Rede und sah sein Gegenüber an mit Wohlgefallen. Auf einem der südlich gelegenen Höfe dengelte einer seine Sense, ein langvertrauter, liebgewordener Laut fiel in die helle Nachtruh, ohne zu stören.

„Morgen früh um vier pack ich's. Heut hab ich noch die Mähmaschine überholt, die Reparaturen heutzutage bringen ja einen Hof um. Hab ja meinen Gesellenbrief als Autoschlosser!“

In einer heimlich aufsteigenden Angst sagte die Trollerin etwas zu hastig: „Da ist mein junger Pächter ja gar nicht angewiesen auf meinen Emmenriederhof. Ein Dirndl von heut heiratet lieber einen gut bezahlten Handwerker!“

Ihr Herz sprang fast in die Kehle im Warten, was er jetzt sagte: „Bäuerin, ich bin Bauer mit Leib und Seel. Nur als selbständiger Bauer ist ein Mannsbild ein freier Mann.

G'hör halt nicht zu den Glücklichen, die einen eigenen Hof besitzen, der lebensfähig ist.

Wenn du nicht versprochen hättest, daß ich nach einer Zehnjahrespacht von dir das Vorkaufsrecht krieg auf deinen Hof, hätt ich nicht unterschrieben. In unserem Dorf daheim ist ein mittleres Anwesen mit hundert Tagwerk ums Haus liegendem Grund, Wald ist keiner dabei. Die Gebäulichkeiten sind in gutem Zustand. Ein bissel g'ring ist die Hoferbin schon, aber ein gutherzigs Dirndl. Hab mir allweil etwas – etwas Pralleres, Kraftstrotzenderes vorg'stellt, was mir g'fallen könnt als Bäuerin. Drum hab ich noch nicht zugriffen als Mann auf der Suche.“

Ein klangvolles, schönes Lachen durchbrach die Stille ringsum, und die Trollerin dachte:

‚Wenn ich den Pächter öfter so lachen hören könnt, wär mir wohl.‘

So standen beide ganz nah beieinander. Ein nicht abstoßender, gesunder Geruch von Manneskraft und Schweiß hing merklich in der Luft, und die Trollerin saugte diese Luft tief in sich ein.

So wohl wie in diesen Minuten war ihr schon lange nicht mehr gewesen. Fast zärtlich sagte sie zu ihrem Pächter:

„Kommt deine Schwester mit allem zurecht in dem großen Haus? Mit sechzig ist man nicht mehr so jung. Und abgerackert ist sie auch, was ich hab sehen können.“

„Es geht schon! Im Stall übernehm halt ich das meiste. Im vergangenen Monat haben wir's auf siebentausend Liter abgelieferte Milch bracht.

Hab gleich nach der Übernahme die Heimmahd geeggt und weißen Klee dazwischen g'sät, es lohnt sich.“

„Du bist schon an der richtigen Stelle als Bauer“, sagte die Trollerin beeindruckt und legte ihre Hand auf den Arm ihres Pächters. Und da sie dort eine kleine Weile liegen blieb, legte der freudig Verwunderte seine Hand wie schützend auf die der Hofbesitzerin und schaute sie strahlend an.

„Dem Trollerhofer kann einer neidig sein“, sagte er tief überzeugt.

In dem, wie er es sagte, war kein Schöntun, kein Schmeicheln, und darum fiel es direkt und ungehindert mitten ins Herz der einsam gewordenen Trollerin. Sie sagte und schaute ihr Gegenüber an wie eine Bittstellerin:

„Ist oft anders, wie die Leut meinen. Könnt sein, daß der Trollerhofer seine Bäuerin nicht einmal wegen ihrer Arbeitsfreud schätzt! Aber jetzt bietest mir schon ein Glas Birnmost an, von dem ich dir ein Fassl dalassen hab für die Heuernt."

*

Es war Mitternacht, als die Traudl über die Isarbrücke heimzu fuhr.

Ihr Herz und ihr Blut waren voller Musik. Sie warf einen schnellen Blick hinauf zu den beiden Kirchtürmen des Kalvarienbergs, und etwas wie Sehnsucht überkam sie nach der Zeit, da sie noch Kind war und die Forderung ihres Blutes noch nicht nach Sättigung schrie.

Der letzte Wagen der diesjährigen Heuernte war durchs große Tennentor des Trollerhofes geschwankt, ohne daß auch nur eine Handvoll des reichen Segens während der Ernte naß geworden wäre. Blauschimmernd, eine einzige Duftwoge verströmend, harrte er des Abladens. Der Altbauer ging an ihm entlang und sagte zur Schwiegertochter mit großer Anerkennung:

„So schnell und so sauber wie heuer ist das Heu schon lang nimmer unter Dach kommen, Bäuerin!

Hast aber auch anpackt für zwei!"

„Die Steffa ist auch nicht faul gewesen", rückte die Bäuerin das erste Lob ihres Schwiegervaters ein wenig in den Schatten, und nach einer kleinen Pause sagte sie:

„Auch die Nachbarin, das Zunderer Dirndl, hat mit zug'langt. Ohne daß sie die Arbeit für unsere Gäste übernommen hätt, wär's der Steffa unmöglich g'wesen, die Altbäuerin, Stall, Haus und Garten zu versorgen."

Bei diesen Worten sprang die Trollerin, wie sie es gewöhnt war von jung auf, vom Bulldog.

Der Altbauer, den seit Wochen schon der Ischiasnerv zur Verzweiflung brachte, hörte einen ächzenden Schmerzlaut und sah, wie die Schwiegertochter hilflos zu Boden sank.

Als er hinhinkte und versuchte, die am Boden liegende Jungbäuerin aufzurichten, sah er, daß ihr Gesicht blutleer geworden war vor Schmerzen.

„Es ist – es ist, als ob mir einer ein Messer in den Leib gerannt hätte. Wär vielleicht besser, der Doktor tät kommen."

Der Altbauer hinkte am Stock ins Haus zurück und hastete ans Telefon.

Er hörte das Geschrei der Steffa bis herein, sie mußte die Jungbäuerin eben auf dem Tennenboden entdeckt haben. So rasch er es vermochte, stockte er zurück und tröstete die Stöhnende, daß der Arzt in zehn Minuten da sein würde. Dann verlangte er, daß die heulende Steffa schnell die Rosemarie holte, damit sie die Verunglückte ins Haus tragen könnten. Er konnte es nicht.

Nur die Rosemarie durfte in der Schlafkammer bleiben, während der Doktor die Jungbäuerin untersuchte.

„Ist der Mann nicht da? Ich hätt mit ihm zu reden“, sagte der Doktor nach der Untersuchung.

Die Rosemarie starrte schreckensbleich durchs Fenster, wo ein herrlich blaugoldener Sommertag hinter den Bergen versank.

„Der ist auf der Alm“, sagte sie, „er muß für den kranken Almer einspringen.“

„Es wär gut, er könnt kommen, so schnell wie möglich!“

„Herr Doktor, wenn meine kleine Gloria, Sie kennen das Kind, wenn Sie mir die mitnehmen würden ins Kinderheim, bis morgen früh, dann könnte ich den Veit holen. Allein kann ich das Kind nicht lassen, unmöglich!“

Der Doktor, der die Rosemarie seit Jahren kannte, war einverstanden. Bis die Rosemarie aus der Krankenstube der Trollermutter das Kind holte, telefonierte er nach einem Rotkreuzwagen, damit dieser die Verunglückte ins Tölzer Krankenhaus bringen konnte.

*

Die Rosemarie holte ihr Fahrrad aus dem Schuppen, hatte die Haustür versperrt und war mit Aufbietung all ihrer Kraft gegen Winkel zu gestrampelt, wo der Aufstieg durch den Tannwald zur Trolleralm begann.

Wenngleich der innere Aufruhr noch in ihr laut war, die wundervolle Sommernacht, durch welche sie bergan stieg, brachte ihn mit ihrem Zauber zur Ruhe. Leise, kaum vernehmlich, rannen Quellchen aus dem Schoß des Erdreichs und suchten sich einen schmalen, bescheidenen Weg ins Tal. So fein waren ihre Stimmen, so unentwegt, als trügen sie Geheimnisse mit sich. Die Rosemarie vermochte sie nur zu vernehmen, wenn ihr wie verrückt klopfendes Herz sie zwang, stehenzubleiben und Atem zu holen. Die Rosemarie Zunderer besaß keine Armbanduhr. In dieser Nacht hätte sie gern eine besessen. An ihr sollte es doch nicht liegen, daß der Veit zu spät kam, sollte seine Bäuerin ihm etwas zu sagen haben. Oder er seiner Bäuerin.

Es war noch kein Abend vergangen, ohne daß sie nicht die beiden in ihr Nachtgebet eingeschlossen hatte.

Wenn sie schon mit den Scherben ihres Liebestraumes fertig werden mußte, so sollte doch das Lächeln eines Kindleins auf dem Trollerhof ihr dazu helfen. Die Rosemarie hatte schon vom Kindesalter an gelernt, zuerst an andere zu denken, Wünsche abzudrosseln, bevor sie zu mächtig geworden waren.

Nur so war es zu verstehen, daß sie sich den geliebten Mann zu denken vermochte an der Seite der Emmenrieder Traudl, ohne sich selbst beim Danebenstehen zu verirren.

Eines aber war mächtig in ihr. Nicht umsonst sollte ihr Danebenstehen sein – nicht umsonst!

Der Veit sollte eines Tages wieder lachen können, ihr sein Kindl an den Zaun bringen und nicht mehr so verhungert und verloren aussehen, daß man weinen mußte.

Und wieder begann der Eilmarsch, wieder gab das Gehirn den Befehl ohne Erbarmen: ‚Schneller – schneller – schneller!'

Auf der turmhohen Tanne, unter welcher sie vorüberging, rauschten starke Schwingen auf, hoben sich in die Nachtluft empor, und sie sah über sich einen großen Nachtvogel, vielleicht eine Eule.

Die Mutter sagte öfter: ‚Wenn Eulen weinen, muß einer fort im Umkreis ihres Flugbezirks.' Die Eule weinte nicht. Da wurde der Rosemarie leichter ums Herz.

So vertraut war ihr der Wald ringsum, so geliebt sein Ruch von Tannicht, Wildholunder, Tollkirschblüten und späten Walderdbeeren, daß sie glaubte, es sei derselbe, der hinterm Trollerhof lag. Und wenn der Wald sich auftat, würde sie das Almfeld vor sich haben.

In den Schenkeln der Rosemarie klopften tausend Hämmerchen. Und ihr Herz tobte in der Kinnspitze. Einen Augenblick verharrte sie und schloß die Augen. Allmählich klopfte das Herz wieder regelmäßig. Als sie wieder um sich schaute, öffnete sich etwas wie ein gotisches Tor, das auf die Helle des Almgrundes führte, man sah bereits das Almhüttendach schimmern.

Wenn man wartete und den Atem anhielt, hörte man auch den ewigen Brunnen rinnen in den alten Trog, der vor der Hütte steht.

Es war der einzige Laut auf dieser hochgelegenen, talfernen kleinen Welt.

Daß hinter der Blockwand der Hüttenmauer Veit, der geliebte Mann, im Schlaf versunken lag, daß sie ihn gleich sehen würde und seine Nähe spüren, überfiel sie plötzlich wie eine Sturzflut. Süß war das, so süß.

‚Denk nicht daran, was sein könnte', sagte sie sich. ‚Begib dich nicht in Gefahr.'

Sie dacht an ihre Mutter und wußte, daß diese in einer solchen Nacht in ihrer Nähe sein würde, denn die vollkommenen Mütter können Welten und Grenzen durchbrechen, um bei ihren Kindern zu sein. Die Liebe hat das feinste Gespür und Gehör, Rosemarie spürte, daß es so war.

Ein tiefer Friede überkam sie, fast eine Art wunschloser Heiterheit. Sie wußte, wo der Almer auf Roß- und Buchstein seinen Kreister stehen hatte.

Rosemarie ging an der Almhütte entlang und klopfte energisch an die kleine Fensterscheibe. Gleich darauf hörte sie seine hellwache Stimme:

„Was ist?"

„Veit, komm raus, bitte! Mußt gleich mit mir hinunter nach Tölz. Es ist etwas passiert!"

Sie hörte ihn an einen Stuhl anstoßen, hörte einen Brummler, dann riß er die Hüttentür fast aus den Angeln.

Und wie er sie so stehen sah, im Sternenlicht, wie ihr Blut pochte in Wangen und Hals, vergaß er, was sie gesagt hatte.

Er sah nur, daß sie da war, daß sie gekommen war, den weiten Weg von Gaißach herauf, und er wußte nichts anderes, als daß es dieselbe ungeheure Macht sein mußte wie sein eigenes Verlangen.

„Dirnei“, sagte er fast andächtig, „Dirnei, du bist kommen zu mir.“

Sie sah in seinen großen, blitzblauen Augen das Sehnen, das unbeschreibliche Sehnen, sah, wie seine beiden Arme sich streckten und wie er mit großen weichen Schritten auf sie zukam.

Gleich einer Woge überfiel sie wieder das unfaßbare Gefühl nie empfundener Süßigkeit.

Da war es, als ob ein Unsichtbares eine Sperre schob zwischen sie beide, Rosemarie trat rasch zurück, so daß der Brunnentrog zwischen ihnen zu stehen kam, und ihre Stimme war fest und klar und ohne Schwanken:

„Veit, ich muß dich holen! Denk jetzt an nichts anderes. Es wäre unrecht. Deine Bäuerin ist verunglückt. Als der Doktor sie untersucht hat, mußte sofort der Rotkreuzwagen kommen. Ich fürcht – ich fürcht, dem Kindl – dem Kindl könnt was passiert sein!“

Der Veit Troller war ein Mann. Noch dazu einer, in dem die Geschlechtskraft die erste Geige spielte, seit ihn, kaum schulentlassen, eine junge Magd in ihre Kammer gelockt hatte.

Da war sie doch vor Augenblicken noch gestanden, die Rosemarie, als seine Geliebte, die er noch nie besessen, die dennoch in seinem Blut sang, in seinem Herzen bohrte, daß er manche Stunde fürchtete, er verliere noch den Verstand. Ja, da stand sie, hatte sich hinter den Brunnen geflüchtet und sah ihn an mit Augen wie eine Fremde.

Dieser innere Umbruch war zuviel für einen Veit Troller, und er schrie fast in seiner uferlosen Enttäuschung:

„Und deswegen soll ich meine Alm im Stich lassen! Was geht mich letzten Endes die Emmenrieder Traudl an!"

Die Augen der Rosemarie wurden noch größer, füllten sich mit Tränen, und er hörte sie voll Mitgefühl sagen:

„Das hat sie nicht verdient, die Jungbäuerin! Wie du auch zu ihr stehst, Veit, ein Gaißacher Veteran tät sich schämen, wenn er draußen im Feld einen verwundeten Feind hätt seinem Elend überlassen. Und ich denk, du bist einer der alten Gaißacher!

Es hat deine Bäuerin die ganze Wiesmahd allein unter Dach bracht, hat die Nacht zum Tag g'macht, der Altbauer hat nicht helfen können. Er hat's ganz bös wieder mit seinem Ischias. Aber zum Reden ist keine Zeit. Komm schnell, es eilt arg.

Wenn wir unten sind an der Straße, nimmst du mein Radl, und ich setz mich hinten drauf, dann schaffen wir's bis zum Trollerhof in eineinhalb Stunden. Von da nimmst du den Wagen bis Tölz."

„Und mein Almvieh?"

„Wird heut eine Stund später gemolken wie sonst. Wie spät ist es auf deiner Uhr?"

Der Veit Troller hob seinen Arm und hielt sein Handgelenk nah vors Gesicht: „Genau eine Viertelstund nach zehn, Nachtzeit!“

„Dann hab ich den Radweg und den Berg in knapp drei Stunden g’macht. Veit, Lieber, was ich kann, kannst du erst recht.

Wenn du deine Bäuerin gesehen und dich gleich wieder aufmachst, brauchen deine Kuahlan überhaupt nicht aufs Gemolkenwerden warten. Hätt ich nicht mein Sachl und die Gloria daheim – ihr Vater hat sie mir für drei Wochen anvertraut –, dann tät ich heroben bleiben auf eurer Alm, und du könntest heim auf euren Hof.“

„Hol bloß noch meinen Janker und sperr die Hüttentür ab, dann packen wir’s.“

Die Rosemarie schaute indessen übers Almfeld hin. Zufrieden und wiederkäuend lag die Herde auf dem warmen Weideboden. Der Himmel war so klar wie selten, Wetter keines in Sicht.

Als sie den Veit die Tür versperren sah, rannte sie bereits voraus und war eisern entschlossen, den Berg hinab den Abstand zu wahren.

Unten beim Aufstieg hatte sie ihr Radl versteckt, ihrer Mutter guter Geist würde nicht zulassen, daß sie der geliebte Mann schwach bekam.

Als drei Stunden später der junge Trollerbauer auf die Nachtklingel drückte, lag das Städtische Krankenhaus in tiefer Ruh.

Nur hinter drei Fensterscheiben glomm ein sparsames Lamperl, und der Veit mußte ziemlich lange warten, bis er eingelassen wurde.

Der Nachtportier sagte ihm, daß er in den ersten Stock hinauf könne, dort werde ihn eine Nachtschwester erwarten.

Er ging widerwillig die Stufen hoch, und die Erkenntnis, wie wenig er doch zur Emmenriederin gehörte, legte sich auf ihn wie eine Zentnerlast.

Er sah immer noch die Rosemarie vor sich in ihrer strahlenden Jugendschönheit, unangetastet an Seele und Leib.

Von ihr wollte er Kinder haben für den Trollerhof, nur von ihr und sonst von keiner. Er hatte sie gebeten, mit ihm zu kommen, aber sie lehnte ab. Sie müsse jetzt bei der Trollermutter bleiben, bis er feste Nachricht bringe. Immer wenn sie eine Angst oder Sorge überfalle, kämen die entsetzlichen Krämpfe. Da hatte er sich gefügt.

Er war ehrlich genug, sich einzugestehen, daß ihn die Hoffnung zu dem Vorschlag trieb, die Hoffnung, daß ihm die warme, sternklare Sommernacht zum Helfer werde und Fürsprecher, wenn er vor der Unschuldigen und Barmherzigen seine männliche Not ins Feld führte.

Aber es war gerade, als ob dieser Rosemarie Kräfte zur Seite stünden, die unerklärlich für ihn waren. Er wußte, er spürte, daß es das Dirndl genauso zu ihm zog wie ihn zu ihr. Warum die Quälerei – warum!

Auf die Emmenrieder Traudl mußten sie beide keine Rücksicht nehmen.

Er wußte nach wie vor nicht, ob das, was da auf die Welt kommen wollte, sein Kind war, sein Hofnachfolger. Auch wenn die Traudl die ganze Heuernte allein unter Dach gebracht hatte.

Die blasse Schwester, die da auf den jungen Bauern zukam, wunderte sich, daß dieser ihr mit einem ganz ungewohnten, harten Gesicht entgegenschaute.

Keine Angst war in diesem Mannsgesicht zu entdecken, kein Bangen und Zittern, wie sie es bis jetzt kennengelernt hatte bei anderen jungen Männern. Und dabei würde das Kind, das seine Frau zu früh geboren hatte, wahrscheinlich sterben. Er fragte mit keinem Wort, wie es ihr gehe, sah sie nur irgendwie warnend an und fragte dann wie abgehackt:

„Wieviel Monate ist das Kind alt? Was hat der Arzt festgestellt?"

Fast hätte sie ihn zurechtgewiesen, daß er zur Nachtzeit in einem Krankenhausgang seine Stimme nicht besser dämpfte.

Aber ein kurzer Blick auf sein hartes, entschlossenes Gesicht ließ sie verstummen, und so gingen sie nebeneinander her, an Dutzenden von Türen vorüber, bis die Schwester Renate, so hatte sie sich vorgestellt, an der vorletzten Tür verharrte.

„Das Kindl können Sie nicht sehen, es liegt im Brutapparat. Aber auf Ihre Frau dürfen Sie einen

Blick werfen, wenn Sie ganz ruhig sind. Ich hoffe, sie schläft noch."

Ein kaum wahrnehmbares Nachtlicht glomm neben dem Bett der wie ausgeblutet daliegenden Frau. Sie schlief nicht.

Sie lag mit großen Augen in ihren Kissen und hob erstaunt den Kopf, als sie ihren Mann erkannte. Sie sagte bittend: „Schwester Renate, sind Sie so gut und lassen Sie uns eine Weile allein. Ich hab mit meinem – ich hab mit dem Trollerbauern zu reden. Sie brauchen keine Sorge zu haben, daß es mich aufregt. Wenn es besprochen ist, wird mir wohler sein."

Schwester Renate war eine Frau, die schon manches Menschenschicksal miterlebt hatte und irgendwie spürte, daß da, zwischen den beiden, ein Abgrund klaffte. Sie nickte einverstanden und ging der Tür zu.

Aber der junge Trollerbauer, unrasiert, im offenen Schafwolljanker, versperrte ihr den Weg: „Schwester, ich hab Sie was gefragt und warte auf Ihre Antwort."

„Ich bin nicht verpflichtet, Ihnen eine solche zu geben", sagte Schwester Renate ruhig und mit Würde.

„Dann bitte ich Sie sehr! Es hängt viel mehr davon ab, als Sie ahnen können. Wie alt, sagen die Ärzte, ist jetzt das Kind?"

Die Augen des Mannes sahen sie an voll innerer Not – voll großer, innerer Not.

Da sagte sie nach kurzem Zögern: „Der Herr Doktor wird es Ihnen morgen sowieso sagen."

„Ich kann morgen nicht kommen. Muß auf meiner Alm sein, bei meinem Vieh, unser Almer ist krank."

„Sie sagten, Sie seien der Trollerbauer von Gaißach. Ist es nicht möglich, daß da ein anderer Mensch einspringen kann?"

„Nicht jetzt in der Heuernt. Die die Almarbeit machen könnten und gern helfen täten, können's nimmer, weil Herz und Knochen nicht mittun. Daheim auf dem Hof liegt meine kranke Großmutter, man muß sie pflegen."

„Warum ist sie nicht hier im Krankenhaus?" Großäugig schaute die Schwester dem jungen Trollerbauern ins Gesicht.

„Weil sie nicht will. Weil sie genug hat von den Krankenhäusern. Zwei Jahre lang ist sie von einem ins andere geschickt worden."

„Das tut mir leid." Schwester Renate sagte es so, daß man überzeugt war von dem Gesagten.

Leise drückte sie die Klinke, wendete sich aber vor dem Gehen noch mal an die Bäuerin und sagte freundlich:

„Wenn Ihnen Ihr Mann zuviel wird, wenn Sie die Unterredung anstrengt, dann drücken Sie auf den Klingelknopf. Dann komm ich. Sie haben viel Blut verloren bei der Geburt. Und nachdem Sie sich geweigert haben, Fremdblut aufzunehmen, dürfen Sie sich nicht im geringsten anstrengen."

Ein geradezu überhebliches Lächeln spielte um den Mund der Kranken, und sie sagte entschieden:

„Schwester, wir Weiberleut vom Land sind nicht so zimperlich."

Darauf winkte sie mit dem Zeigefinger ihren Mann heran, dessen Namen sie trug und der dennoch ihr Mann nicht war.

Der aber gehorchte nicht sofort.

Er hatte seine Hand um das weiße Mantelbündchen der Schwester gelegt und bat noch mal beschwörend:

„Schwester Renate – wieviel Monate alt, sagen die Ärzte, ist jetzt das Kind?"

„Knapp sechs Monate", sagte die Schwester und öffnete mit einer energischen Entschlossenheit die Tür zum Gehen.

Veit Troller blieb mitten im Krankenzimmer stehen und rechnete:

Am 1. Mai war er mit einigen Kumpeln und Dirndln auf der Waldherrnalm gewesen zum Maiwein. Er hatte seine Klarinette bei sich gehabt und sie juchzen lassen.

Der Wurstsalat war ziemlich gepfeffert gewesen, darauf gab's Durst, und der Maiwein hatte noch besser geschmeckt. Später hatte er auch noch erfahren, daß ihm die Traudl einen Klaren ins Weinglas geschüttet hatte und noch einen und wieder einen.

Er hatte es während seines Klarinettenspiels gar nicht bemerkt. Nur daß die Traudl, heißgetanzt, ganz nah zu ihm rückte, das war ihm aufgefallen. Und so war's dann später passiert. Ein Heiliger war ja der Troller Veit nie gewesen.

Jetzt aber schrieb man den zwanzigsten Juli. Eine klare Rechnung: Mai, Juni bis Juli.

War also schon im dritten Monat gewesen, als sie ihn in die Stauden gezogen hatte. Brauchte einen Vater für ihr lediges Kind! Dieses Luder!

Er, der Veit Troller, brauchte keine Hölle mehr zu fürchten.

Da hatte sie ihn hineingestoßen mit ihrer Lüge und Falschheit.

Was hatte er durchgemacht, seit er auf die Rosemarie hat verzichten müssen. Er glaubte, innerlich zehn Jahre älter geworden zu sein.

Und was hatte sein Dirndl gelitten, ohne ein Wort zu klagen.

Was seine zwei alten Leut, die sich Vorwürfe machten.

Mit einem Gesicht, vom Haß gezeichnet, ging er langsam auf sie zu.

Da sah er, daß sie bleich, mit geschlossenen Augen in den Kissen lag und ein verzweifeltes Weinen sie schüttelte. Ohne Unterbrechung, ohne Gnade. Sie hob mit geschlossenen Augen ihre Hand, als ob sie nach einer Hilfe taste, aber sein Herz war Stein.

„Setz dich Veit, ich sag dir alles."

Ihre Stimme war zerbrochen, ihre Tränen rannen immer noch wie ein Sturzbach ins Halsbündchen.

Er setzte sich. Aber ihre Hand berührte er nicht.

„Veit, ganz so schlecht, wie du denkst, bin ich nicht. Hast mich schon lang verhext mit deiner Klarinette. Hast allweil über mich wegg'schaut und bist mit andern spazierengangen.

Hab mir oft dacht: Den Veit, wenn ich den zum Mann hätt, dann wär ein Ende mit dem Auslugen nach Mannsbildern.

Aber ich hab warten müssen auf dich, bis dich der Wein gefügig g'macht hat. Ich will mich nicht frei sprechen. Ich weiß, daß ich eine Ausnahm bin unter den Frauenzimmern in Wackersberg. Daß ich keinen Stolz kenn, wenn mein Blut aufwallt. Ich weiß, daß die Mannsleut schlecht über mich reden, daß das, was sie selber machen, etwas ganz anderes sei... Vielleicht, Veit – ich weiß es nicht.

Aber jetzt sieht es so aus, als hätt ich dich absichtlich hereing'legt. So ist es nicht. Im Fasching, bis zuletzt, da hab ich's g'halten wie die meisten. Nach dem Fasching, da hab ich noch zwei Monate nichts gemerkt. Bis auf einmal.

Und jetzt mußt mir glauben, Veit! Ich hab denkt, ein Großbauernsohn läßt keine Großbauerntochter mit einem ledigen Kind sitzen. Das tut im Isarwinkel keiner. Und weil du dich überhaupt nie hast sehen lassen, hab ich Angst kriegt und dein' Vater bitten lassen, daß er auf den Emmenriederhof kommt.

Der hat meinen Hof gesehen, den Wald darüber, meinen Kuhstall, und ich hab ihm ang'sehn, daß ihm alles gut g'fallen hat.

Und er hat mir in die Hand hinein versprochen, daß sein Hoferbe mich nicht in Schand bringt und, wenn's ist, wie ich sag, daß es bereits in den dritten Monat geht, schnellstens Hochzeit ist.

Mit der Zeit, da hab ich gelogen, ich wußte nicht, daß ich bereits schwanger ging, als wir in den Hollerstauden waren.

Kann dir's nicht verübeln, daß du von dem Kind nichts wissen willst. Und nichts mehr von mir. Wenn einer ein Dirndl mag, wie die Rosemarie, hab sie beim Heuen kennengelernt, so wär's eine Sünd, sich dazwischenzustellen. In Wirklichkeit sind wir ja keine Eheleut. Die Ehe ist nie vollzogen worden. Wenn wir beide zu unserem Pfarrer gehn, er ist ja ein gerechter Mann, so wird er dafür sorgen, daß unsere Ehe für nichtig erklärt wird. Wird das erste Mal sein, daß so was im Isarwinkel vorkommt.

Dann können du und die Rosemarie ein glückliches Paar werden, und ich geh wieder heim auf meinen Emmenriederhof mit dem, was ich gehabt hab auf dem Kuchlwagen, wie ich kommen bin.

Ansprüche stell ich keine an dich, auch nicht an deine Vaterschaft. Der, von dem das Kind sein könnt, ist ein Taugenichts, lebt von Pump und Gelegenheitsarbeiten, ist besser, das Kind weiß gar nicht, wer sein Vater ist. Wenn die Leut sich auch über die Emmenrieder Traudl die Mäuler zerreißen, so braucht sie doch von keinem von ihnen einen Pfennig, damit ihr Kind ohne Vater nicht hungern muß.

Aber jetzt bin ich arg müd, Veit! Es wär jetzt alles gestanden und besprochen. Und soviel ich seh, steht der nackte Haß nimmer in deinem G'sicht. Dafür dank ich dir."

Und es nahm der Veit Troller seine braungebrannte Schafferhand von seiner Kurzledernen und legte sie ganz sacht auf die ausgeblutete und zitternde der Frau, die seinen Namen trug, diesen aber friedlich und einsichtig zurückgeben wollte.

„Ich wünsch dir und dem Kind, daß es aufwärts geht", sagte Veit, und er meinte es ehrlich.

Acht Tage danach stellte der junge Pächter vom Emmenriederhof am Parkplatz des Tölzer Krankenhauses den Wagen ab, den die Hofbesitzerin ihm vor dem Wegzug nach Gaißach überlassen hatte. Er trug in der Hand einen großen Strauß wundervoller weißer Josephslilien, die einen solchen Duft verströmten, daß Vorübergehende stehen blieben und diesen einsaugten.

Der Schritt des jungen Mannes verriet Kraft und Entschlossenheit, und die Schwester, heut war es Schwester Kuni, die ihn zum Krankenzimmer geleitete, schaute ihn geradezu bewundernd an.

„Was bringen Sie für einen herrlichen Strauß! Da wird sich aber unsere Patientin freuen! Sind Sie, sind Sie der Ehemann?"

„Nein, ich bin der Pächter von ihrem Hof", sagte der Besucher bescheiden.

„Dann stehen Sie Frau Troller ja in gewissem Sinn nahe. Vielleicht helfen Sie mir, die bittere Nachricht, ich denke, für eine Mutter ist das immer eine bittere Nachricht, schonend beizubringen: Die kleine Frühgeburt ist heute nacht ausgelöscht wie eine Kerze.“

Toni Haberer erschrak. Die Schwester sah ihm an, daß das auch für ihn eine böse Nachricht war. Und sie sagte sofort begütigend: „Vielleicht ist es besser so, das Kind, ein Mädchen, wäre vielleicht für immer geschädigt geblieben.“

Toni Haberer hatte das Bild der kraftstrotzenden, blutvollen jungen Hofbesitzerin vor sich, und ein feines Ahnen überkam ihn, daß diese für alles Schwächliche und Kranke keine Begeisterung aufbringen könnte.

In seinem elterlichen Hof daheim war, so lange er wußte, das Wort Krankheit ein Fremdwort, und ihm kam in dieser Stunde die Erkenntnis, daß sie deshalb zu den Auserwählten gehörten.

Die Besitzerin seines Pachthofes lag in den Kissen, als sei sie ausgeblutet. In dem Augenblick aber, da sie ihn auf sich zukommen sah, überzog eine feine Röte ihr Gesicht, und er fand sie schön und liebenswert. Und weil es ihm schwer fiel, sie als erstes auf das Unglück mit dem Kind vorzubereiten, erzählte er strahlend, immer noch ihre blasse Hand haltend, daß die Kalbin Monika zwei herrliche Stierkälber geworfen habe, die eine halbe Stunde nach der Geburt sich bereits ums Euter stritten.

Der Toni Haberer erzählte das so sprudelnd lebendig, daß die Zuhörerin ihn betrachtete, wie eine Frau ihren Liebsten betrachtet.

Der wundervolle Duft der vollerblühten Josephslilien hüllte beide ein wie eine Woge herrlichster Lebenslust, und keiner von beiden löste seine Hand aus der andern.

So sahen sie sich still in die Augen, als ob sie schon lange voneinander wüßten und zusammengehörten.

Wie aus einem Zwang heraus dachte die junge Frau: ‚Bei dem ist es anders als bei allen andern. Wenn's ihm ernst ist mit mir, wenn es ihm nicht nur um den Emmenriederhof geht, so tät's endlich ruhig werden in mir, und alle Narretei hätt ein End.'

Aber über diesem schönen, sehnsüchtigen Traum hing, gleich einer gelbgrün umrandeten Hagelwolke, die Tatsache ihres leichtsinnig vergeudeten Lebens.

Wahrscheinlich wußte der Auswärtige, eben erst nach Wackersberg Gekommene, noch nichts von dem Leben einer Traudl Emmenrieder.

Wenn ein früherer, kurzfristiger Liebhaber sie mehr oder weniger deutlich danach gefragt hatte, so war sie ihm überlegen gewesen. Wie eine lästige Stechmücke hatte sie alles zur Seite gestreift, hatte gelacht und gesagt: ‚Wer viel fragt, geht viel irre!' Sie hatte ihn geküßt, daß er das Fragen vergessen hatte.

Diesen Toni, der ihre Hand in der seinen nicht mehr losließ, konnte sie nicht belügen. Wenn es das wirkliche Glück werden sollte, ein Glück, das ein ganzes Menschenleben halten mußte, mußte Offenheit der Grundstock sein. Sein Blick hatte etwas von der Wahrhaftigkeit und Unschuld der Rosemarie und er strahlte sie an, daß ihre Augen feucht wurden.

Es war schwer, in diese Augen hinein zu bekennen, daß sie all die Jahre versäumt hatte, gläubig zu warten auf den Mann, der sie so anzusehen vermochte wie ein Toni Haberer. Noch nie hatte sie sich so nackt gesehen, in all ihrer Triebhaftigkeit, wie in dieser Stunde.

Alles, was sie den Kopf hochtragen ließ, war plötzlich wie ins Erdreich versickert. Alle Erklärungen und Entschuldigungen schrumpften zusammen zu einem Nichts: Daß der Mensch in großer Vielfalt geboren sei, der eine mit heißem Blut, der andere mit kaltem, der eine wurde gut fertig mit seinen Gelüsten, den andern kostete es große Überwindung.

Immer wenn ein Gefühl der Scham sich bei ihr regen wollte, hatte sie es auf den Kopf geschlagen.

Jetzt aber gäbe sie Jahre ihres Lebens dafür, wenn sie dem Toni wahrheitsgetreu sagen könnte:

‚Toni, wenn du mich willst für ganz, so sollst du wissen, daß noch keiner an mir seine Lust gekühlt hat.' Oh, sie konnte sich vorstellen, welch glückliche Augen der Toni bekäme!

Daß er sie nicht bekommen konnte, weil sie ihn nicht belügen wollte, lag nun auf der Brust wie ein Stein.

Waren das die Viertel- und Halbstundenbrände wert, die in ihren Alltag gefallen waren und nichts hinterlassen hatten als eine Art Demütigung?

Oh, sie konnte sich vorstellen, was die Burschen der näheren und weiteren Umgebung sich, schmierig lachend, anvertrauten!

Warum hatte der Herrgott, wenn es einen gab, sie nicht spüren lassen, daß sie warten mußte auf den Rechten – auf das wirkliche Glück?

Dann müßte sie jetzt nicht daliegen wie eine Bettlerin mit leeren Händen.

Plötzlich erkannte sie, daß es außer dem Besitz noch was Schönes, was Wunderschönes gab. Die Achtung und Bewunderung des Mannes, mit dem man ein ganzes Leben durch dick und dünn gehen wollte!

Wenn dieser Mann aber erst die Wahrheit wußte, dann würde er sie nicht mehr so ansehen wie jetzt, dann mußte er zurückschrecken und lieber ein sauberes, wenn auch armes Dirndl nehmen ohne Hof.

Und daß sie dann am Leben überhaupt keine Freude mehr haben könnte, das wußte sie in dieser Stunde der Selbstbeurteilung.

Aus den Kelchen der weißen Lilien stieg immer noch der Duft, als gäbe es keine Erschöpfung.

Dieser Duft würde sie begleiten und an die Stunde seines Besuchs an ihrem Krankenbett erinnern und das damit verbundene Glück, aber auch an ihre Beflecktheit.

Die Traudl Emmenrieder, verehelichte Troller, wußte nicht, daß still und schwer Tränen über ihre Wangen rannen, und sie hörte den Mann sagen:

„Wenn, wenn es Euch zuviel wird, dann geh ich lieber."

„Sag ruhig du", sagte sie da. „Wir sind ja fast gleich alt."

Dann war sie plötzlich eisern entschlossen, reinen Tisch zu machen.

„Toni, könntest du mir mein Kopfpolster etwas anheben. Was ich dir sagen muß, sagt sich leichter, wenn ich sitze. Vorher aber nimm, sei so gut, die Lilien und stell sie in die Waschschüssel da drüben."

Der Mann tat, wie ihm geheißen, flink und mit sicheren Griffen.

Es machte ihn glücklich, ihr helfen zu können. Er hatte lange davon geträumt, auf einem Hof wie dem Emmenriederhof regieren zu können. Wäre sie nicht die angetraute Frau des Veit Troller von Gaißach, so tät er allen Mut zusammennehmen und ihr sagen, daß sie ihm sakrisch gut gefiel. Daß ihm keine vor ihr so gut gefallen hatte.

Aber so war er halt wieder einmal zu spät daran. Wie so oft.

Als er zurückkam zum Bett der Kranken, hatte ihm diese einen Stuhl ganz nahe hergezogen. Mit einem rührenden Lächeln sagte sie zu ihm:

„Bin noch recht schlecht beieinander, da kann ich nicht so laut reden, und du, du, Toni, mußt jedes Wort recht verstehen, was ich dir sagen will.

Wenn mich die Doktoren hier wieder rauslassen unter den freien Himmel, dann geh ich nimmer z'ruck auf den Trollerhof – dann muß ich wieder heim auf meinen Emmenriederhof. Es ist nämlich nicht so, wie du denkst, Toni.

Hab selber glaubt, das Kind, das ich zu früh kriegt hab, sei das Kind vom Veit Troller, aber es ist nicht sein Kind. Es war ein lediges Kind. Und ich wollt den Veit haben, da hab ich ihm zugesetzt.

Du bist ja ganz blaß worden, so erschrocken bist jetzt, Toni.

Denk nicht, wenn ich komm, ich will dich vertreiben, und unser Pachtvertrag sei jetzt ungültig, nein, so ist es nicht. Wenn ich heimkomm, so will ich dir helfen, besser als deine kreuzlahme Schwester, und ich verlang keinen Lohn.

Diese Ehe von mir und dem Veit Troller steht nur auf dem Papier, sie hat nie stattgefunden.

Sobald ich wieder auf dem Posten bin, werden wir den Pfarrer um die Nichtigkeitserklärung unserer Ehe bitten. Hab mit dem Veit bereits geredet.

Weißt, er hat, bevor das mit uns zwei passiert ist, sich seiner Nachbarin versprochen, einem Kleinhäuslerdirndl, brav wie ein Engel. Kann den Veit gut verstehen, daß er nicht ohne sie leben will.

Und da bin ich mit meiner Behauptung und Forderung dazwischen gekommen und hab alle beide unglücklich g'macht. Erst als ich dich vor vierzehn Tag näher kennengelernt hab, erst seitdem weiß ich das."

Die noch schwache Trollerin schwieg, der innere Aufruhr und das lange Reden hatten sie ermüdet. Nun lag sie wieder in den Kissen, und ihr voller, schön geschnittener Mund war fast blutleer.

„Was mußt du mitgemacht haben“, sagte da voller Erbarmen der Mann und strich ihr mit seiner rauhen Schaffenshand das dunkle Haar aus der Stirn.

Da langte die Ermattete nach dieser zärtelnden Hand und drückte ihre Lippen darauf, und ein erschütterndes Lächeln erschien auf diesem tränenüberströmten Gesicht.

Der Mann begriff langsam – aber noch konnte er sein Glück nicht fassen.

„Warum, warum, Traudl, hast du's erst g'wußt, wie du mich kennengelernt hast?“

„Es ist schwer zu sagen, Toni. Sehr schwer. Bis zum Abend, wo wir zwei den Birnmost zusammen getrunken haben, da hab ich über jeden g'lacht, der von einer großen Lieb erzählt hat. Weißt, mir ist sie nie begegnet.

Toni, jetzt steh mir Gott bei. Jetzt kommt die schwerste Beicht, die ich je abgelegt hab.

Die Traudl Emmenrieder ist bis zu ihrer Heirat das leichtfertigste Frauenzimmer gewesen von ganz Wackersberg und darüber hinaus. Hat mich schon ganz früh ein gewissenloser Kerl verführt, und er hat es so angestellt, daß es mir g'fallen hat. Das war mein Verhängnis.

Von da an hab ich einen Burschen nicht nach Charakter und innerem und äußerem Wert g'fragt, sondern nur nach seiner Kraft und Bereitschaft als Mann.

Wenn du zu den Männern gehörst, die glauben, daß die bewahrte Jungfernschaft ihrer Braut vorm Altar eine gute, dauerhafte Ehe garantiere, dann ist meine Hoffnung umsonst."

Wieder schwieg die beichtende Frau. Draußen auf dem Gang schepperte ein Geschirrwagen vorüber.

„Jetzt bringen sie mir bald das Essen", sagte sie, ich muß mich beeilen."

„Traudl, sag mir bloß noch schnell das eine: Was für eine Hoffnung meinst du?"

„Daß ein braver Mensch, wie du es bist, barmherzig sein könnt und sich sagen: Ist oft schon eine Leichte in der Ehe vernünftig geworden.

Ich kenn mich gut, Toni! Und wenn ich dir sag, daß du nie um mich Angst haben brauchst – ich weiß jetzt, daß ich in die Irre g'rennt und da drin immer hungrig blieben bin" – und sie zeigte mit ihrer schmäler gewordenen Hand auf die Herzgegend – „da drin allweil ärmer und leerer.

Hat mich keiner ernst g'nommen; es hat kein wirkliches Geben und Nehmen gegeben, wie es wohl sein muß, wenn zwei für und nicht bloß miteinander leben wollen.

Das muß wunderbar sein, Toni. So schön, wie es in den Romanbüchln steht."

„Traudl, das hat dich jetzt mitg'nommen. Jetzt mußt rasten. Ich dank dir halt für deine Offenheit. Und eins versprech ich dir:

Nie, was auch sein mag, werd ich dir einen Vorwurf machen wegen deinem Leben vor unserer Heirat." Und er beugte sich nieder und küßte die Kranke so zart, als ob Schmetterlingsflügel sie berührt hätten.

*

Die Rosemarie hatte den Veit noch um die Kehre fahren sehen, dann war sie in ihrer Sorge um die Trollermutter die Stiege hinaufgerannt.

Die Kranke erwartete sie mit angstvollen Augen. Sie hatte die Steffa ins Bett geschickt, um fünf Uhr morgens begann deren Arbeit.

„Ich hab den Herrgott bitet, daß sie bald wieder beim Zeug ist, die Jungbäuerin. Oft kommt ein Unglück nicht allein. Sollte dem Veit was passieren oben auf unserer Alm, dann wird's rabenduster.

Und ich lieg seit einer Ewigkeit da herin und tauge für nichts und mach den Meinen noch Arbeit.

Wenn ich nicht wüßt, daß auf jedem Hausdach ein Kreuz ist, müßt ich verzagen."

„Trollermutter", und Rosemarie legte ihren Arm um die Kranke und zog sie nahe zu sich heran, „Trollermutter, so verzagt kenn ich dich gar nicht. Es gibt kein Wetter, das nicht weiterziehen müßt. Wenn der Herrgott will, daß du eines Tages wieder aufstehst und durch den Hof gehen kannst, deine vielen Blumen pflegen und euern Hoferben wiegen in der Wiege, dann wirst du es können.

Und wenn einmal große Not ist auf dem Trollerhof, ich mein, wegen zuviel Arbeit, ich bin jung, und die paar Sprünge herauf zu euch sind mir nur eine Freud."

„Rosemarie, glaub mir! Das tät die Junge nicht dulden."

„Trollermutter, die Traudl Emmenrieder ist nicht schlecht, ich weiß es. Sie ist nur anders als viele. Hineinsehen in einen Menschen kann nur der, der ihn erschaffen hat.

Ich hab ihr ein bissel g'holfen beim Mähen und Einfahren. Man kann mit ihr reden, Trollermutter. Sie hat es auch nicht leicht. Der Veit hat sich von uns weich machen lassen, daß er sie nicht sitzen läßt mit einem ledigen Kind."

„Schuld hab ich die größte an der Sach, Rosemarie! Ich hätt meinem Bauern das ausreden müssen."

Die Trollermutter schwieg, und Rosemarie sah, daß ihr Schwächeschweiß auf der Stirn perlte. Liebevoll trocknete sie diesen fort und meinte fröhlich:

„Trollermutter, die Krämpfe, die so weh tun, sind jetzt länger ausblieben als früher." Die Trollermutter nickte und sagte leise:

„Es sind deine gesegneten Hände, Rosemarie! Seitdem plagt mich die furchtbare Angst vor den Krämpfen nimmer."

„Trollermutter, jetzt, sobald ich mein bissel Heu unter Dach hab, fangen wir mit einer Massagekur an. Lahmgewordene Beine, wenn sie in starkem

Eichenrindensud massiert werden, kann man wieder zum Leben bringen. Das versuchen wir!“

Über das Gesicht der Trollermutter breitete sich ein Hoffnungsschimmer, ein wenig Röte kam in ihre schmalen Wangen und machte sie voller und jünger. Rosemarie sah es und brachte ihre Gefühle sofort zum Ausdruck:

„Trollermutter, jetzt hast du ein wirklich feines G'sichtl. Was für eine schöne Gaißacher Bäuerin mußt du einmal gewesen sein!“

„Mein, mein Bastian hat's allweil behauptet“, sagte die Trollermutter und lächelte, als habe ein wunderschöner Traum sie eben eingehüllt. „Der Bastian war überhaupt recht, ich wollt, unser Veit wäre auch so. Dann wär jetzt das Glück auf dem Hof.“

„Trollermutter, der Veit ist auch recht. Wirst sehen, alles wird noch gut, man muß nur daran glauben. Wenn die Bäuerin wieder heimkommen darf, dann werd ich ihr zur Hand gehen.“

Die Trollermutter wollte noch etwas sagen, aber da kam die Steffa in ihrer lauten und eckigen Art herein und meldete, der Veit sei grad vom Krankenhaus gekommen, die Bäuerin habe eine Frühgeburt gehabt. Sie sei aber nicht in Lebensgefahr. Der Veit habe den Wagen in den Schuppen gestellt und sei mit seinem Radl weiter auf die Alm gefahren.

*

Viermal hatten seit den Wochen, da die junge Trollerbäuerin im Tölzer Krankenhaus gelegen war, an der Isar entlang die Tannen und Fichtenwälder geblüht und die jadegrünen Lärchen dazwischen. Jeder atmete den herrlichen, unvergleichlichen Ruch tief in sich ein und verspürte ein wundersames Gefühl in der Herzgegend.

Bauernmenschen empfinden dieses Erlebnis nicht weniger tief als ein Städter. Sie haben nur weniger ausgesucht schöne Worte dafür.

So sagte der heutige Trollerbauer Veit zu seiner Bäuerin Rosemarie, mit welcher er Hand in Hand den Waldweg zum Felskreuz empor ging:

„Schau dir unsere Ficht'n an, sind die net schön?"

Die Rosemarie, aufgeblüht und gesegneten Leibes gehend, strahlte ihren Mann an und sagte:

„Manchmal kommt mich die Angst an, daß etwas kommen muß, daß ein sterblicher Mensch nicht so glücklich sein darf, wie ich es bin."

„Und von mir sagst nichts, von deinem dir angetrauten Ehemann, du Trutscherl, du liabs!"

Oh, er hat wieder das Sieghafte, das Zupackende, der Veit!

Nachdem er sich satt geküßt hatte, gingen sie weiter. „Sag mir, wenn ich zu schnell geh, Weiberl, sag's mir! Seit du neben mir liegst, sind mir Kräfte g'wachsen, daß ich Bäume ausreiß'n könnt. Ich könnt den Berg nehmen wie ein durchgegangenes Roß."

Rosemarie lachte, es klang wie ein Silberglöckerl.

„Wenn unser kleiner Bastian ein Brüderl oder Schwesterl kriegt hat und zwei Kinderle an dir hängen, wirst schon handsamer, Veit, mein Veit!“

Es ging nun steil bergan, und sie gingen langsamer.

Der blühende Wald tat sich auf, das Felskreuz wurde sichtbar und das schmale Bankerl davor. Drei Eichen standen daneben im Hochzeitsstaat. Aber ihre Blütenherrlichkeit war nicht so offenkundig, nicht so prunkend wie die der Tannen und Fichten.

Sie waren nun am Fleck angekommen, der freie Sicht bot, hinweg über die urzeitlichen Terrassen diesseits und jenseits des Flusses. Über den breiten Streifen alter Waldbäume am Absturz zum Fluß, sah man mitten hinein in das Bergdorf Wackersberg und fand nach kurzem Suchen den freiliegenden, weitausladenden Emmenriederhof.

„Die Traudl hat heuer den schöneren Balkonschmuck als unser Hof ihn hat“, sagte die Rosemarie ohne Neid.

„Sie ist eine glückliche Frau geworden mit dem Toni Haberer, ich gönn's ihr“, meinte der Veit ehrlich. „Der Mensch ist allweil zu schnell beim Verurteilen.

Der Traudel ist nur ein festes, respektierliches Mannsbild abgangen, der sie gern hat und keine Sprünge duldet.

Der Haberer, den ich letzthin am Wochenmarkt troffen hab, hat mir überglücklich anvertraut, nun gäbe es nichts mehr zu wünschen auf dem Emmenriederhof. Vor Leonhardi werde er wohl auf den Trollerhof kommen und anfragen, ob wir das Erstgeborene aus der Taufe heben wollen. Ist's ein Bub, gilt's mir, ist's ein Dirnei, meiner kindsnarrischen Bäuerin."

„Sei so gut und leg deinen Schafwolljanker auf den alten Wurzelstock da", bat die Rosemarie. „Weißt, muß arg aufpassen auf unser Kleines! Was täten bloß Opa und Oma dazu sagen, wenn unser Gottesgeschenk zu früh kommen müßt, weil seine Mutter nicht aufpaßt hat!"

Kraftvoll und bar aller Sorgen stieg aus der Brust des Veit Troller sein tiefes Lachen auf, und ein Buntspecht, der sich am gegenüberliegenden Ahorn sein Mittagsmahl erhämmerte, flog erbost auf und suchte sich einen anderen Baum.

Veit, der glückliche Mann, schaute ihm nach, und noch schallender, noch frohsinniger zerriß sein hemmungsloses Lachen die wundersame Stille ringsum.

„Den hab ich jetzt um seinen Tausendfüßler bracht oder um seine Raupe, hast g'hört, wie der zetert hat?"

„Daß er vielleicht ein Vater ist, mit einem Nest voller Jungen, die er mit seiner Spechtin füttern muß, daran hast du nicht denkt, du Jublmandei!"

„Hast recht, mein Allerweltsmuatterl, daran hab ich wirklich nicht denkt."

„Weißt, Veit, was mich am glücklichsten macht von allem? Daß unsre Trollermutter wieder laufen kann. Wenn sie auch langsam gehen muß und am Stock, sie ist darüber dankbarer als einer, der fürs Rennen einen Preis kriegt.

Und ich glaub, unser kleiner Bastian hängt mehr an ihr als an seiner Mutter. Und erst der Opa! Seit unser Erstgeborener laufen kann wie ein Wiesel, langt er nach seinem Weichselstock und schreit durchs ganze Haus nach dem Lauser. Wenn ich den beiden dann nachschau, wie sie Hand in Hand am Rand der Wiesmahd hinpilgern, wie der Opa seinen Stock hebt und seinem Enkel hoch im Blau eine trillernde Lerche zeigt oder am Waldrand den alten Wildrosenbusch oder ein Mutterreh mit seinen zwei Kitzen, dann mein ich, der Herrgott habe mich nur deswegen in die Welt kommen lassen, daß ich dem Trollervater diese Freud hab verschaffen können."

„Das stimmt nicht", protestierte der Veit ganz energisch. „Zuerst, denk ich, komm ich dran! Weiberl, ich bin so glücklich wie noch nie, seit wir zwei zusammengehören.

Muß oft still darüber nachdenken. Das hat nichts zu tun mit Verliebtheit, die so schnell verpufft. Das ist ganz etwas anderes. Es ist – es ist, wenn ich's nur besser erklären könnt, als ob es eine Kraft sei, die von unendlich weit herkommt. Man kann sie nicht erklären, nur spüren.

Ich hab einmal g'hört, daß Menschen sich das Leben nehmen, wenn einer von ihnen stirbt, hab das als krankhaft und verrückt angeschaut – heut nicht mehr.

Als du in Myrtenkranz und Schalk neben mir vor dem Altar g'standen bist, da hat unser Wald blüht, heut blüht er wieder. Ist eine schöne Zeit vergangen, waren mehr Flitterwochen.

Und heut, Weiberl, wenn mich der Herrgott fragen tät, was ich wohl tun wollt, wenn er dich heimholen müßt, dann tät ich ihn bitten, daß er an deiner Stelle mich nimmt. Ich möcht nimmer leben ohne dich.

Und wenn einmal unser schönes Leben hinter uns liegt, trotz Abrackern und Sorgen, die jeder Hof bringt, und du solltest hinaufmüssen zum Friedhof, so weiß ich, daß ich bald nachkommen werde.

Wenn zwei sich mögen, wie wir uns mögen, gibt's keinen Nachfolger. Nicht für den Mann und nicht für die Frau."

Die Rosemarie schaute ihren Lebensgefährten an und lächelte.

„Bist ja ein ganz neuer Veit geworden", sagte sie sinnend. Sogar dein Lautenspiel verrät's und deine Klarinette.

Früher waren's nur Juchzer, war's Frohsinn, eben aus der Stund geboren, jetzt ist's oft, wenn man dir zuhört, als werde man unversehens sanft und fromm. Bist ein Innerlicher worden in den vier Jahren, da wir verheiratet sind, Veit! Einer mit tiefen Wurzeln.

Es ist ein Glück, deine Frau und Bäuerin zu sein. Und nun möcht ich noch etwas mit dir besprechen, was mich innerlich schon lange beschäftigt.

Du hast sicherlich auch schon g'merkt, daß die Steffa viel fröhlicher, viel lustiger worden ist, als sie früher war. Nicht mehr so kopfhängerisch, so grob, hin und wieder sogar boshaft. All das ist sie nimmer. Die Arbeit fliegt ihr nur so von der Hand, seit der kleine Bastian sie bettelt, daß er auf ihren Schultern über den Hofplatz reiten darf, je wilder, um so schöner!

Soviel, wie heut die Steffa lacht, hat sie vordem das ganze Jahr nicht gelacht. Das Bübl hat sie zu einem glücklichen Menschen gemacht.

Eines Tages werden zwei junge Trollerleut uns ablösen, das ist der Lauf der Welt. Die Steffa wird bis dahin alt und arbeitsunfähig sein. Wenn sie vielleicht unsere Schwiegertochter dann auf dem Hof nicht mehr dulden tät, wäre sie heimatlos. Mit einem Menschen wie der Steffa hat nicht jeder Geduld. Darum, Veit, müssen wir der Magd eine Sicherheit geben.

Ich hab denkt, wir gehen nächste Woche mit ihr in Tölz zum Notar und lassen es schriftlich machen, daß sie, sobald sie in Rente ist, das Heimrecht hat auf dem Hof, mit einer mietfreien Kammer, ausreichend Holz aus dem hofeigenen Wald, freie Verköstigung und Licht.

Wenn die Steffa auch keine Geistesgröße ist, das Gefühl, bis zum Tod einen sicheren Unterschlupf zu haben, das wird ihr wohl tun."

Nach dieser Rede wurde es ganz still um die beiden.

So still, daß man den Wald ringsum geheimnisvoll raunen hörte. Ein winziges Quellchen gluckerte irgendwo und suchte sich durch Moose und Hasenklee einen schmalen Weg talwärts. Und über allem der wundervolle Duft der Tannenblüten, hin und wieder, je nach leisem Windzug, durchmischt von wildem Waldflieder.

Und die Rosemarie hörte den Mann ihrer Liebe sagen:

„Weiberl, du hast recht mit deinem Vorhaben. Ein Heimrecht soll die Steffa haben! Sie ist all die Jahr, seit sie schafft für den Trollerhof, ein armer Teufel gewesen. Denk an uns zwei. Nichts von allem, was unser Leben erfüllt, ist ihr zuteil worden. Manchmal ist es schon schwer, an einen gerechten Vater im Himmel zu glauben.“

„Veit, das geht wohl jedem Menschen so, wenn er um sich schaut. Hab oft schon drüber nachdenkt, und ich glaub, ich hab die Antwort gefunden.

Ich mein, es müßte jeder von uns geistig und körperlich Gesunden und Glücklichen sich verpflichtet fühlen, das, so gut er kann, auszugleichen. Nicht bloß mit ein paar Mark bei einer Sammlung – ich mein, es müßte jeder, der kann, so einen Menschen aufnehmen und ihm eine Heimat geben, wo ihn nicht friert.

Ich glaub, wenn's keine Menschen gäbe wie die Steffa, so hätten Gesunde und Begabte ja keine Erkenntnis, wie beschenkt und reich sie selber sind, gemessen am Schicksal der Benachteiligten.

Glaub mir, Veit, in Gottes Schöpfung ist nichts von ungefähr. Das reicht zurück bis zu Anbeginn der Welt."

Der Veit hatte bereits wieder Augen und Lippen, die aufs Busseln aus waren.

Seine Rosemarie schaute ihn ein wenig verwundert an, dann stieg vom Herzen ein silberhelles Lachen auf, sie löste sich aus seinen Armen und sagte, plötzlich wieder ernst geworden:

„Schau uns zwei an, Veit! Wie verschieden sind wir – und trotzdem eine Einheit. Nun wird es aber langsam Zeit, daß wir heimgehen! Wir müssen auch an unsere Gäste denken. Ist eine wahre Freud, daß sie jedes Jahr wiederkommen. Auch unser Fabrikant aus Duisburg mit Frau und Kind.

Auf die vier Wochen, die sie bleiben, freu ich mich, als wären's bluteigene Menschen.

Gloria ist immer noch gleich anhänglich und dankbar für jedes neue Märchen. Was war mein Vögelchen für ein armes, vereinsamtes Kind! Sie ist nicht wiederzuerkennen! Mein Vorschlag, doch Oberschwester Claudia für das Kind mit nach Duisburg zu nehmen, war gut und mir wie vom Herrgott eingegeben.

Die immer so ernste Schwester ist heut eine fröhliche, glückliche Frau, und Gloria liebt sie."

Plötzlich stieg Rosemaries silbernes Lachen auf, und ihre Augen leuchteten wie Sterne:

„Weißt, Veit, was sie mir anvertraut hat, die kleine Gloria? Daß sie ihre neue Mami bestimmt lieb habe – aber mich habe sie noch viel, viel größer lieb! Und ich mußte ihr schwören, daß ich das keinem Menschen verrate.

Siehst du, Großbauer Veit Troller von Gaißach, jetzt hast du eine Meineidige zur Frau!“

So gingen beide Hand in Hand heimzu, im Herzen das große Glück, und sie schauten über das breite Isartal hinweg, an dessen Hängen die Schönheit der Wälder sich hinzog, als habe dort eine baumüberzogene Riesenechse gelagert.

Veit und Rosemarie waren ganz still geworden. Das rotgoldene Wunder der sinkenden Abendsonne hüllte beide ein wie eine Gloriole.

Nach längerer Weile drückte der Mann den Kopf seiner Frau an seine Brust und sagte fast demütig:

„Du hast recht gehabt, Rosemarie. Man muß auch warten können aufs Glück.“

* *
*